JN034550

メディアワークス文庫

幽霊と探偵2

山口幸三郎

目　次

プロローグ　―三月一日―

まだ昼間なのに日当たりが皆無なので、室内は薄暗い。壁に付いている照明スイッチがオフのままなのは天井に電灯器具がないからだ。スイッチを入れたところで光らせる物がない。そもそもここに電気が通っているのかも怪しい。

懐からスマホを取り出す。相変わらず圏外だった。通信の役割を完全に殺されている携帯電話だが、時間を正確に表示してくれた。次郎丸《じろうまる》と名乗った男がこの部屋を出て行ってから、もうすぐ三十分が経《た》とうとしている。

ほぼ無意識に煙草《たばこ》をくわえオイルライターを淀《よど》みなく点火させた。その一連の動作を見ていた月島人香《つきしまひとか》が感嘆の声を上げた。拍手までしている。

「巻矢《まきや》もすっかりハードボイルドが板に付いてきましたね」

「何だそりゃ。ただ煙草をくわえただけだぞ？」

「冷静沈着という意味ですよ。このようなわけのわからない状況でひとまず煙草を吸って心を落ち着かせる。物語に出てくる探偵そのものではありませんか」

何が嬉《うれ》しいのか人香は満面の笑みで巻矢にまとわりついた。こいつはこいつで手持ち無沙汰を解消しようとしているのかもしれない。玩具にされるのは中っ腹だが、幽霊である人香にとって話し相手は巻矢しかいないので、それも仕方ないかと諦めた。

改めて部屋の中を見渡す。かつてはオフィスだったと思わせる名残がそこかしこに見て取れるが、什器《じゅうき》や調度品といった類の物は一切なくもぬけの殻であった。

細かいことを挙げればレジ袋には菓子パンが数個入っていて、中身が詰まったレジ袋が部屋の片隅に置かれている。レジ袋には菓子パンが数個入っていて、そのほとんどが賞味期限が一日過ぎていた。購入したのは二、三日前だろうと推測する。未開封の水のペットボトルも入っていたが、誰が用意したものかもわからないので飲む気にはなれない。

煙草を燻《くゆ》らせながら窓際に寄る。窓を開けると、目の前に隣接するビルの壁が迫った。地上から四階の高さにあり、眼下にはコンクリートの地面しか見えない。

「……ここから出るには高すぎるか。やっぱり」

「壁面には足の置き場がありませんしね。お隣のビルにも飛び移れそうな窓がない」

巻矢の肩越しに人香も外を覗《のぞ》き込む。顔が真横に迫ってぎょっとした。

「離れろッ」

言いつつ、巻矢のほうから後退《あとずさ》った。近頃の人香はパーソナルスペースが消滅してしまったのかと疑うくらい密着してくることが多い。以前、「俺にそんな趣味はない」

と口走ったとき「私にもありませんよ」と不服そうにしていたが、本当にそうだろうか。疑惑は深まるばかりだ。さっさとこの部屋から出て行ってしまいたい。

廊下への出入り口はひとつ。入ってきた扉から出て行けば済む話だ。しかし。

再度、扉に近づきドアノブを回す。鍵が掛かっていて押しても引いてもびくともしなかった。ドアノブの上部を見ると、そこにあるべき鍵のつまみがない。

「実のところ、こういうタイプは初めて見る」

「私は存在自体知りませんでした。何なんですこれ？」

「徘徊《はいかい》癖のある認知症の老人を外に出させないための鍵だ。内側からは開けられない」

そういう需要に押されて割と一般化した鍵である。物によってはつまみに当たる部分が着脱式になっているので、部屋の中にまだつまみが残されている可能性があるにはあるが――。

「わざわざこうして放って置かれてるってことは、抜かりはないってことだよな」

「でしょうね。排気口はひとが侵入するには狭すぎるし、天井を破りたくても背が届かない。あの食料も私たちを監禁しておくためのものと見て間違いないでしょう」

「私たちっつーか、ここにいるのは俺一人だけだけどな」

もしこれが監禁なのだとして、食料の受け渡しに扉が開くなら、数センチ開いた瞬間に飛びかかれる自信が巻矢にはある。閉じ込めた側もそれを警戒したようで、扉の開閉する回数を極限まで減らそうとした結果があの菓子パンと水、そして寝袋なのだろう。

寝袋があるということは一日で終わらす気がないということでもある。用意周到。しかし、不自然な点もあった。

菓子パンの包装フィルムが床にいくつか散らばっていた。誰かがすでに食べたのだ。

「犯人……この場合、私たちをここに連れてきた次郎丸さんが先に頂いたのかもしれませんね」

フィルムを手に取る。印刷された賞味期限はやはり一日過ぎている。パン購入から巻矢の監禁まで二、三日のタイムラグがあった。これがどうにも引っ掛かる。元々は巻矢のために用意したものではないのかもしれない。

「そもそも俺を監禁する目的がわからん。あいつとは初対面のはずだ」

「ええ。私にもそう見えました。少なくとも巻矢の顔は知らなかったはずです」

事務所を訪れた次郎丸は探偵に用があると言っていた。しかし、目の前に座る巻矢ではなくほかの誰かを探しているようだった。巻矢が探偵を名乗るとようやく依頼を口にした。人香の言うとおり、巻矢が探偵であるという認識がなかったように思う。すなわち、巻矢の顔を知らなかったのだ。

初対面の相手を監禁する目的とは何か。探偵事務所を訪ねておいて「誰でもよかった」なんていう理屈は通らない。意味があるはずなのだ。いろいろと。

それに――、続き間のほうを見る。ドアがなく繋《つな》がった隣室はこの部屋よりも一層濃い暗がりに覆われている。最初、次郎丸に連れられて入ったときのまま時間が止まっていた。いや、この続き間はずっと前から時間を止めている。ずっと前というのがいつなのかはわからないが、横たわっている人間が息を引き取った瞬間であることだけは確かだ。

男が一人死んでいた。

苦悶《くもん》に喘《あえ》いだ形相のまま、続き間の鴨居《かもい》部分を恨めしげに見上げている。鴨居の下に立つと丁度死体と目が合った。一体何を見ていたのだろう。立ち去る犯人の後ろ姿か、死に行く自分を見下ろす犯人の素顔か。

こいつも巻矢の監禁と何か関係しているのだろうか。

「何やら謎が深まってきましたね。しかも、謎は一つや二つじゃない。たくさんの謎が複雑に絡まりあっている……そんな気がします」

「適当に言ってるだろ？」

「場を盛り上げているんですよ」

暢気《のんき》なものだ。だが、巻矢も同意見だ。今の状況は、単純な構造で出来ていないはずである。数時間前から現在に至るまでの経緯を思い出していた。

＊　＊　＊

探偵の仕事は大概が「ひと調査」である。浮気、素性、アリバイ、行方などなど。ひとの背景や動向を調べることが主となり、そうなると調べる対象に合わせた生活リズムを送る羽目になる。案件が複数重なった際は、昼型の人間を調べたあとに夜型の人間の調査を行うこともあり、二、三日の徹夜は当たり前になる。『巻矢探偵事務所』の唯一の所員に手数を分散する術《すべ》はなく、しかして生活費のためにも仕事を抑えている余裕はない。

この日、三日に亘《わた》る張り込みを終えた。結果はクロ。今から億劫《おっくう》なのは、旦那の浮気が確定してショックを受けるであろう依頼者へのケアである。

……深く考えまい。とにかく今は眠い。いやその前に、腹が減って死にそうだ。冷蔵庫に食べ物がなかったので買い出しに出た。

コンビニで惣菜《そうざい》パンを買い、ホットコーヒーで胃の中に流し込む。ほかにも栄養ドリンクと、寝起き後に食べるつもりで冷凍うどんも買っておいた。調査は終わったが報告書など書類作成の仕事がまだ残っている。まともな食事にありつけるのは一体いつになることやら。

「探偵って大変ですねえ。このままだと遠からず体を壊しますよ？」

人香がのほほんと口にした。空中を浮遊しているのではなく地面を歩いていた。浮くか歩くかはそのときの気分次第らしいが、横に並ばれるとついそっちを向いて返事しそうになる。そのとき他人の目には、巻矢が見えない何かと話をしているように映るから困る。意識して正面を見据えながら溜《た》め息《いき》を吐いた。

「先立つ物がないんでな。働かないとそれこそ野垂れ死ぬ」

「そんなに金欠なんですか？」

「最近、でかい出費があったんだ」

「それは知りませんでした。警察からのお仕事も増やしたらどうです？」

警察官時代の元同僚の大福《だいふく》から仕事を回してもらっていた。中には探偵でなくても簡単にこなせるものもあったので、おそらく無理やり「仕事」を作ってくれている。

それには感謝してもしきれない。が、不満がないわけではない。

「最低賃金×時間よりも少ない報酬で雑務を押し付けられているだけだぞ。そりゃ無いよりマシだが、割に合わない。過酷でも浮気調査のほうがまとまった金が手に入る」

「大福君に賃上げ交渉してみては如何《いかが》ですか？」

「あいつは人が好《よ》いからな。俺のことでわずかでも悩ますのは心苦しい」

恩を仇《あだ》で返すのは忍びない。そんなことのために警察を辞めたわけではない。

「では、いっそのこと警察官に戻ったらどうですか？　私の死因を探るためだとしても、それは警察官のままでもできたはずです」

「できなかったから、辞めたんだ」

二年前に警察を辞職したのは、当時行方不明になった月島人香を捜索する時間を確保するためだった。警察内部にいたら日常業務に忙殺されてそれどころではなくなってしまう。それに、戻れない理由はそれだけじゃない。

「俺は嫌われているからな。若葉《わかば》を筆頭に、出戻ったところで歓迎してくれるやつは皆無だろうさ」

人香は苦笑するだけでフォローしない。自分で言っておいてなんだが少し傷ついた。

「前に警察署に顔を出したとき、皆さんよそよそしかったですものね」

「嫌なこと思い出させるな」

　こっちを向いて、げっ、みたいな顔をされたときなんかはショックで吐きそうになった。そんなに嫌わなくてもいいではないか、と抗議したくもなったが、現場を荒らした挙げ句身勝手に退職していった元同僚に対する仕打ちとしては優しいほうなのかもしれない。

　蓄積した疲労と寝不足による眠気、さらにネガティブな話題で落ち込んだメンタルの三重苦は、巻矢の顔つきを憔悴《しょうすい》しきったものに変貌させた。目の下のクマはくっきりとしていて今にも人を殺しそうな迫力である。

「……巻矢、本当に大丈夫ですか？」

　凶行に及ばないか心配です、と続けるあたりこいつもいい性格をしている。

　事務所が入った雑居ビルに帰ってきた。エントランスの前にいた男がこっちを向くと、ひぃ、と悲鳴を上げて向こう角まで走って逃げた。人香と二人で呆然《ぼうぜん》と立ち尽くす。

「……俺は悲鳴を上げて逃げられるほど嫌われているのか？」

「今のは顔を見て逃げただけでしょう。人となりで判断されたわけじゃないのでお気になさらずに」

気にしないわけにいかない。サービス業でそれはまずい。さっさと人相を元に戻さなければ。豪快に欠伸《あくび》をしながらエレベーターのボタンを押した。

寝間着に着替えて、さあ寝ようかというそのとき、訪問のチャイムが鳴った。居留守を使うのは簡単だが、新たな依頼だとしたらむざむざ捨て置くわけにいかない。

「おまえが連れてきたのか？」

人香に訊《き》くと、さあどうでしょう、と自信なく笑った。人香に取《と》り憑《つ》かれた人間は、大抵がのっぴきならない状況にあり精神的にも不安定で、『巻矢探偵事務所』に無意識に導かれてしまうという呪いに掛けられる。霊感商法で悩める子羊をだまくらかすのにどこか似ているが、それは置いておいて。

「中に入れて話を聞くか」

応接室兼リビングに通された訪問客は、目の前に浮かんでいる人香には気づかずにきょろきょろと周囲を見渡した。

「当探偵事務所所長の巻矢です」

「……巻矢さん、お一人ですか？　ほかにひとは？」

「いませんよ。ここに探偵は俺一人だけだし、今この場にいるのは俺とあんただけだ。何だ、仕事の依頼じゃないのか？」

訊くと、あたふたして「お願いしたいことがあります」と頭を下げた。おそらく人香に取り憑かれて無意識のうちに足を運んだのだろう。その不可思議をわざわざ説明することに意味がないと悟った男は、気を取り直して背筋を伸ばした。

腹に力を込めて、言った。

「助けてほしいんです」

＊

男は次郎丸と名乗った。巻矢と同年代くらいに見えるが実際のところはわからない。色ムラのある革ジャンにダメージ加工したジーンズを穿《は》いている。頭には寝癖を立てており、全体的にくたびれていた。

名刺を渡す。次郎丸は名前を確認すると、巻矢の顔をじっと見つめた。

「巻矢……健太郎《けんたろう》」

「？　何だ？」

「いえ、珍しい苗字《みようじ》だな、と。……失礼ですけど、巻矢さんって喧嘩《けんか》は得意ですか？」

「喧嘩？」

「格闘技とかされています？ かなりガタイがいいので気になってました」

訊《たず》ねる次郎丸の目は真剣そのものだった。何を品評されているのかわからず戸惑ったが、正直に答える。

「得意かどうかはわからん。殴り合いの喧嘩なんて数えるほどしかしたことがないからな。ただ、柔道をしていたから護身術には自信があるぞ」

「柔道ですか？」

「元々警察官だったんだ。柔道の稽古はよくしていた」

早いものだ。退職してもう二年も経つのか。だが、体に叩《たた》き込まれた逮捕術と今も続けているトレーニングが、時々、いまだに現役なのではないかと錯覚させる。警察官を辞めたことに後悔はないが、心の奥底では刑事魂がわずかに燻《くすぶ》っているのかもしれない。

傍らで人香が哀《かな》しげに口にした。

「探偵も似合っていますが、警察官をそのまま続けていたら将来出世できたかもしれませんのに。もったいないことをしましたね」

たられればの話に興味はない。巻矢は人香を無視して、今度は次郎丸に訊き返す。

「喧嘩が強いとどうなるんだ？」

「それは……心強いな、と」

放心に近い表情。呟《つぶや》いた言葉にも気持ちが籠もっていなかった。

次郎丸はふと我に返ったように目を瞬《しばたた》き、再び名刺に視線を落とすと、勢いぐっと身を乗り出した。

「け、警察官だったんですね!?」

「お、おお。そうだ」

「じ、じゃあ、じゃあ」

次郎丸の視線が中空を忙《せわ》しなく移動する。きょろきょろと何かを探しているふうにも見えるが、見つけたいのは物体ではなく適切な言葉なのではないかと感じた。きっと考えがまとまらないのだ。「じゃあ」を繰り返しながら次郎丸は何事か思案する。

数秒後、それまでの挙動不審が嘘《うそ》だったかのように突如次郎丸の表情が引き締まった。その様子が薄気味悪かったので若干腰が引けた。

「俺からの依頼、引き受けてもらえますか？」

「……内容次第になるが」

「もちろんです。実は、妹が犯罪に巻き込まれて悪い連中に拉致されています。俺はどうにかして妹を救い出したい。協力してもらえませんか？」

思わず人香と目を見合わせた。人香も胡散臭《うさんくさ》く感じたらしく肩を竦《すく》めてみせた。

「俺がやっていたのは逮捕術であって格闘技じゃないんだが」

逮捕術はひとを無傷で拘束することを目的としている。多対一を想定しておらず、前提として勝てる勝負でなければ発揮してはならない。悪い連中を巻矢ひとりで制圧するのは不可能に近い。探偵を完全無欠のヒーローか何かだと勘違いされては困る。

次郎丸は慌てて手を振った。

「何も悪い連中をこてんぱんにしてほしいってんじゃありませんよ！　付いてきてくれさえすればそれでいいです！」

「……あんたの妹が捕まっているって言ったな？」

「はい。とてもひどい連中にです」

「それを救出してほしいと？」

「お願いします」

「ふむ」

どうにも話が見えてこない。が、執るべき処置ならばわかった。

「警察に通報しろ」

犯罪が起きたなら然《しか》るべき公的機関に丸投げするのが善良な一般市民の務めである。

しかし、次郎丸は首を横に振った。

「妹の名誉に関わることだから、なるべく騒ぎを大きくしたくないんです」

「ほう。妹の名誉ね……」

通報すれば妹もまた警察に捕まる可能性がある、と解釈した。

「悪い連中は妹にひどいことをしています。妹は何か弱みを握られているのか逃げられないようです。もうしばらく家に帰っていない。俺は妹を探して歩いてようやく悪い連中と会うことができました。悪い連中はお金を用意できたら妹を解放すると約束してくれました。だから俺、必死にかき集めて用意したんです」

懐から縦長の茶封筒を取り出した。ずっと大事に仕舞っていたせいなのか体温でふやけて見るからにヨレヨレで、かなり厚みがあった。さすがに中身を確認させてくれとは言えないが、千円札の束ではまさかあるまい。万札ならば軽く百万円を超えていそうだ。

「これからコレを持って妹を解放しにいきます。でも、お金を渡した途端にあいつらが約束を反故《ほご》にしないともかぎらない。だから、少なくともあと一人味方が必要なんです。もしものときに妹を逃がしてくれる心強い味方が」

修羅場にも対応できて信頼できる人間ならなお望ましい。次郎丸はそんな人材を求めて街中をさまよっていたところ、ふと目についた探偵事務所の看板に引き寄せられてここに来たと話した。

次郎丸はどこか気の毒そうに笑った。

「こんな危険なことに友達を巻き込めないし警察にも相談できない。だから、巻矢さんみたいなひとは打ってつけなんだ。柔道の稽古をよくしていたって言いましたよね。てことは日常的に凶悪犯を追いかけるような部署にいたんじゃないですか？ なら、荒事にも慣れているはず。本当に打ってつけなんですよ、巻矢さんは」

まっすぐ見つめられる。巻矢も応じて次郎丸の目をじっと睨《にら》み返した。次郎丸は動じない。強い信念があると感じた。

黙って話を聞いていた人香が口を挟んだ。

「嘘でしょうね」

人香がそう言うならそうなのだろう。人香は他人の本質を見抜くのが得意だった。

しかし、見抜けるのはあくまで内面だけである。何がどこまで嘘なのかはわからない。

でも、と人香は続けた。

「悪いひとではありません」

「そうか」

自衛のための嘘ならば真実がどうであろうと巻矢には関係のないことだ。

心は決まった。しかし、人香の言葉で決心したと思われるのも癪《しゃく》だった。

「報酬は？　危険なことをさせるんだからそれなりのもんを支払ってもらわんとな」

「では、前金で三万円。成功報酬三十万でどうでしょう。怪我《けが》をしたら別途慰謝料も用意します」

次郎丸は即答した。誰に頼むにしろ予《あらかじ》めその条件で交渉する気でいたのだろう。

割のいい仕事である。うまくいけば一日で終わりそうだし、やばくなったら警察に通報すればいいだけのこと。たとえ失敗しても前金を頂くかぎり損にはならない。

「了解。やろう」

すぐに取引現場に向かうと言うので壁に掛かったコートを引《ひ》っ掴《つか》む。冷蔵庫からブラックの缶コーヒーを取り出しポケットに仕舞う。一連のルーティンを行いながら、脇から眺める人香のにやけ顔がひたすらうざい。

「困ったひとは放っておけませんよね。巻矢はそういうひとです」

報酬が建前であることがバレていた。だが、人香は重大な部分を取り違えている。巻矢は困ったひとを助けたくて仕事を引き受けているわけではない。

次郎丸に再度確認を取る。

「あんたが交渉し、俺は解放された妹を連れて逃げる。基本方針はそれでいいんだな？」

「はい。十分です」

次郎丸は、まるで何事かやりきったかのような安堵《あんど》した表情を浮かべていた。

＊

取引現場は事務所から歩いて二十分ほどの場所にあった。

駅前の商業エリアの端っこの、やや寂れた飲み屋街に建ち並ぶ雑居ビルの一つを見上げて「ここです」と次郎丸は言った。縦に細長いビルで、灰色の壁にひび割れが目立つ。両隣から同年代の古ビルに挟まれており、二棟と違い入り口にテナントの名前が一切貼られていなかった。それも当然だな、と巻矢は思う。

過去にここで嫌な事件が起きた。この街に暮らすひとならいまだ鮮明に覚えている事件であり、二年経った今でも同様の事件があれば引き合いに出されるほどだ。

ある女子大生が少年グループに拉致され、同ビル内で集団暴行を受けた。数日間監禁され代わる代わる暴行された女子大生は解放された後に自殺した。警察は少年たちを逮捕し余罪を追及していった。ここまでならよくある事件だろう。問題は少年グループの主犯格とされる三人に強制性交等罪が適用されず別件でのみ立件されたことである。何でも三人それぞれの父親が有力者で、警察や裁判所に圧力があったという噂《うわさ》だ。悪行三昧は隠しきれるものではなかったので、せめて罪状を軽微にした疑いがあった。

三人が少年院に入ったことは聞いているが、特に大きな問題を起こしていなければ今ごろ出院していることだろう。

「知ってますか？　ここの通称。『ソープランド』だそうですよ」

次郎丸が吐き捨てるように言う。巻矢も眉間にしわを寄せた。

「……ああ。知っている。三人が逮捕された後にわかったことだが、被害に遭ったのは自殺した女子大生だけじゃなかった。捜索願が出されていた家出少女たちをまとめて拉致監禁して客を取らせていたんだ。一応、全員保護されたけど、不特定多数の鬼畜どもは少女たちが望まずに連れてこられたことを知った上で利用してやがった。ここに出入りしたやつらは全員ブタ箱にぶち込まれるべきだろうよ」

三人の少年が逮捕されたことでこのビルの取り締まりが強化された。現在では『ソープランド』の機能は完全に消滅し、事実上廃ビルと化している。

「こんなところで取引するのか？」

「そうですが、意外ですかね？　事件のおかげでここを訪れるひとは誰もいません。闇取引するには絶好の場所です」

巻矢は目を見開いた。その手の犯罪の温床になっていたことを知らなかったのだ。

「珍しいですね。巻矢がこんなわかりやすい場所にアンテナを張っていなかったなんて」

次郎丸のは嫌みだが人香は純粋に疑問に思ったようだ。ばつが悪くなり、聞こえよがしに舌打ちした。

ガラス戸を開けて中に入る。内廊下を突き当たりまで行くとエレベーターが一基あった。

「階段で四階まで上ります」

「エレベーターは使わないのか？」

「……止まっているんですよ」

ならば仕方がない。脇にある非常階段を使って上っていく。二人分の足音が吹き抜けの空間に響き渡る。前を行く次郎丸が何も言わないので巻矢も無言で付いていく。四階に到着し、内廊下の左右に向かい合わせで分かれているドアの一つに近づいていく。

次郎丸は振り返り声をひそめた。

「中にいます。俺が先に入るんで、巻矢さんはここで待機していてください」

「ここでいいのか？」

巻矢も声をひそめて訊き返す。

「ドアの隙間を開けておきます。ここなら中の声が聞こえるでしょうから」

様子を感じ取って臨機応変に動いてくれ、と。なかなか難しい注文をつける。

しかし、巻矢はそれにあっさりと頷《うなず》いた。

「わかった」

「では、行きます」

ノックをし、ドアノブを回す。錆《さ》び付《つ》いた音を立てながらステンレス製の扉が外側に開いていく。

巻矢の立ち位置から中の様子は窺《うかが》えない。逆に見られる可能性があったのでわざと扉から離れていた。次郎丸は扉にライターをかませて隙間を作ってから中に入った。

しばらく待ったが中から会話が聞こえてこない。何かおかしい、そう思ったとき――。

「巻矢さん！　来てください！　早く！」

大声で呼ばれ、すぐさま中に突入した。凶器を持った何者かに襲われているのか、妹が重傷を負って倒れているのか、はたまた――。あらゆる事態を想定しながら駆け込んだ。広々としたフロア。隅のほうに次郎丸は立っていて、続き間をじっと見つめていた。

「ま、巻矢さん、見てください。あれ……」

次郎丸が後退り、巻矢が入れ替わりに立つ。続き間の床で死に絶えている男と目が合った。刑事時代に何度か死体を見た経験から、ソレが本物であることを瞬時に判別できた。コレは想定していなかった。ほんの数秒ではあったが、巻矢は呆然と立ち尽くした。

そのとき、玄関扉が閉まる音が響いた。振り返ると、そこにいたはずの次郎丸の姿がない。廊下から遠ざかる靴音が聞こえてきた。

「おい！　どこへ行く!?」

ドアノブを回すも扉はびくともしない。鍵が掛けられていた。

強めに扉を叩く。かなり大きな音が鳴ったが、扉の向こうから応答はない。

次郎丸が戻ってくる気配はなかった。

「完全に閉じ込められてしまいましたね」

「くそ。嫌な予感はしてたんだ……！」


仕方がないので人香と手分けして部屋の中を調べ回る。携帯電話は圏外だった。電波が通りにくいのだ。このビルの構造のせいなのか、はたまた隣のビルが電波を遮断しているからか。どちらにせよ、すぐに改善できるものではない。

唯一ある窓から見えるのは隣のビルの外壁だけだ。ビルとビルの隙間の幅は二メートルほどで、ひとが通れるような路地ではなかった。また、正面の通りから四階のこの窓まではかなり距離があって、見えにくい上に声も届きにくい。近所で行われているのだろう、再開発反対のシュプレヒコールがかろうじて聞こえてきた。あの騒動に勝る声を巻矢ひとりで張り上げるのは不可能に近い。おまけにこのビルは地元住人から忌避されており両隣のビルの関係者であっても気に掛けるひとはほとんどいないだろう。外に助けを求めること自体難しそうだ。

風が通りにくいので換気がしづらい。それどころか中のわずかな暖気まで逃げていく。八つ当たりするように窓を乱暴に閉めた。

「何か不審な挙動でもありましたか?」

思わず振り返る。人香が何を訊いているのかわからなかった。

「何の話だ?」

「次郎丸さんのです。気づいていたのでしょう?」

「だから、何を?」

「閉じ込められたとわかったとき、嫌な予感はしていたと言っていたじゃないですか。この部屋に入るまでに次郎丸さんに何かおかしな挙動を見つけたのかな、と」

ああ、と生返事する。特にどうということではないのだが。

「非常階段だよ」

「非常階段? 何かありましたか?」

思わず眉をひそめる。こんな簡単なことに気づけない人香を不思議に思った。

次郎丸の置かれた立場を考えたとき、不自然な点が一つだけあったのだ。

「ここの非常階段は竪穴《たてあな》で吹き抜けだった。足音がかなり響いていたんだ。これから本丸に乗り込もうってときにあまりに無用心すぎると思った。別に次郎丸一人だけなら問題ないだろう。悪い連中も次郎丸が来るのを待っていたわけだし。だが、俺という存在は完全にイレギュラーのはずだ。悪い連中には絶対に悟らせてはならない。もし階段を上ってくる足音が二人分あったとしたら、悪い連中はどう考える？」

「警察に通報されたか用心棒でも連れてきたか。……まあ、警戒はしますね。最悪、逆上して妹さんに手を上げることも考えられます」

「そういうことだ。次郎丸は細心の注意を払って俺という存在を隠さなければならなかった。なのにあいつは四階に到着するまで一度も俺に注意しなかった。革靴を脱げとまでは言わずとも、なるべく音を立てないでくれとお願いするべきだったんだ」

そこまで言って気づく。実体のない人香が足音を立てることはない。なるほど。自分には起こり得ない失敗に気が回らないのは当然だ。

「悪い連中とやらはいない。少なくともここにはいない、と踏んだんだ。実際、中から気配らしきものを感じなかった。嫌な予感はしたが、ここまで来て引き返すのもなんだからな。部屋には大人しく入ったが、まさかこんな事態になるとは」

閉じ込められただけならまだしも、死体と鉢合わせするなんて。そんなこと誰が予測できるか。

「お間抜けさんですね」

人香がくつくつ笑った。

「何を。おまえのせいだぞ！」

「私の？　なぜ？」

「なぜって、それは……」

おまえが口にした「悪いひとではありません」という言葉を信じたから油断したんだ、とは口が裂けても言えない。

「とにかく、あいつが戻ってこなけりゃ話にならん！　少し待つぞ！」

＊

そうして、部屋の中を隅々まで調べながら過ごし——三十分が経過した。いまだ次郎丸からの音沙汰はない。

「次郎丸さんとは一体何者なのでしょう。巻矢を閉じ込めた目的は？　そして、あの死体は誰？　この事件、一筋縄じゃいかなそうです……ね」

「ね、じゃねえよ。気取ってる割に大して考えてないだろ、おまえ」

「そりゃあ事件を推理するのは探偵の仕事ですからね。幽霊はお呼びじゃありません」

人香の暢気な言葉を深い溜め息でいなす。巻矢の心は決まった。

「警察の捜査の邪魔をしたくないから手をつけずにおいたが、調べるしかなさそうだ」

死体が誰で死因が何かを突き止めれば、あるいは次郎丸の目的や巻矢の処遇もはっきりするかもしれない。革手袋を装着し、死体の見分を開始する。

仏に向かって合掌し、オイルライターの火を明かりに四方から死体を見下ろす。再び顔に近づくと、人相、瞳孔の開き、歯型の特徴などを順に検《あらた》める。

黙々と見分をこなす巻矢を見て、人香が昔を懐かしむように口にした。

「探偵が板に付いてきたというのは訂正します。今でも心は警察官なのですね」

「よせよ。俺にはもうそんな資格はない」

警察官だろうが探偵だろうがやることに変わりはないのだから。

長い一日が始まった。

第一話　手帳と密室　—二月三日—

警察官になるには採用試験を突破しなければならないが、その際、特別な資格は必要ない。職務遂行に支障がない程度の身体的条件さえ満たしていれば採用試験は受けられる。そうして後に待ち受ける厳しい警察学校に配属されたとき、晴れて警察官の仲間入りとなる。

仲間になった証《あかし》として配られるものが『警察手帳』だ。ただの身分証ではない。警察組織の威信の象徴であり、その一員であることの自負を示す。警察手帳をどこまで神聖視するかは人それぞれだが、少なくとも入校時に貸与されたそれを手にした瞬間、誰もが胸のすくような誇りと憧れを抱くことだろう。

そのときのことを思い出す。「憧れのひとがいる場所にこられた。これが最初の一歩だ」と実感し、感動したものだ。もしあの頃の気持ちのままでいられたら、巻矢は警察官を辞めずにいただろうか。でも、あの頃の気持ちが出発点であるかぎり辞職は避けられなかったようにも思う。

警察官になるのに特別な資格は要らない。だが、「適性」という意味での資格・資質は必要だった。向き不向き、適不適、性に合うとか合わないとか。言い方は数あれど、巻矢はそれを「志の有無」だと考える。

初心をいつまでも忘れずに保っていられる人間だけが警察官を続けられる。

そして、警察手帳の重みに耐え切れなくなった者から脱落していくのだ。

＊　＊　＊

警察署のロビーはいつも賑《にぎ》わっている。が、賑わっているからといって犯罪件数が多いわけではない。警察署を訪れる人間の多くが犯罪とは無縁であり、むしろ法を犯さないための手続きをしにやってくる。

新しく飲食業を始めるひとは営業許可を取りに、銃砲刀剣類を所持する場合はその届出のために。運転免許証を返納したいお年寄り。落とし物や忘れ物を届けにきたひと。反対に、遺失物が届いていないか確認しにきたひと。あの屈強そうな男性は警備業の認定を受けにきたのだろうか。あっちのチャラそうな兄さんは風俗営業の許可申請手続きをしにきたか。警察といえば犯罪や違反を取り締まるパトロールのイメージが強いが、窓口業務もまた防犯の観点からしても決して手を抜けない仕事である。

人香が物珍しげにきょろきょろと周囲を見渡す。

「へえ。はあ。おおっ。なんと！」

「何を興奮しているんだ？」

「いやあ、繁盛してますねえ！」

満面の笑みで巻矢を振り返った。ロビーの隅っこにある二人掛けのソファを占領しているにもかかわらず巻矢は別の意味で周囲を窺い、嘆息する。

「……頼むから落ち着いてくれ」

目障りだ。巻矢にしかその姿が見えていないから余計に。小声で注意しても人香が声をひそめることはない。ほかのひとにその声を聞かれる心配がないからだ。人香に話しかけられれば応じるが、その都度周囲に気を遣うのは巻矢だけで、それがどうにも理不尽で納得いかなかった。

巻矢の気苦労も知らないで、人香は懐かしそうに目を細めた。

「私だってここは古巣ですからね。感慨深いです」

「その割にはまるで初めて来たみたいな反応じゃないか。子供かおまえは」

「仕事をしに来ていたときと一般人として訪れるのとでは見える景色が全然違います！　こうして眺めていると本当に世間の広さを実感します。いろんなひとがいて、いろんな人生があるんですねえ」

「何だ。見ていたのはひとのほうか」

「もちろん、建物あってのひとですが！」

警察署。確かに働いていたときには気づけなかったことが多い。

巻矢も警察官を辞めてただの一般人としてここを訪れたとき、やはり見え方が違った。顔見知りの職員がよそよそしい対応をすると自分はもう客側なのだと強く意識させられた。踏み慣れたはずのフロアなのに土足で他家に上がり込むような後ろめたさがあった。

すると、世界は一変した。それまで見えていても目に入らなかったことが山のように発見できたのだ。陳情に対処する職員のおざなりさ。ヤクザもかくやの形相で闊歩《かっぽ》する刑事たち。非行少年が喚《わめ》き散らし、家出少女が泣き暮れる。何もかもが日常茶飯事だ。しかし、陳情もヤクザも非行も家出も一般庶民には縁遠い世界であり、ここでしかお目に掛かれない光景ばかりである。これを普通だと思い込んでいたことが異常であったのだと気づかされた。

人香の言うとおりだ。世間の広さは、ここから離れてようやく知れた。警察署はつくづく魔境であった。

刑事が通りすぎるのを横目に見ながら、魔境には魔物が付き物だな、などと冗談が思いつく。そのとき、それ以上に厄介な存在が隣にいる事実に思い至った。

「人香、やっぱりおまえ今すぐ帰れ。連れてきたのは失敗だった」

「え？　え？　と、突然何を言うんです？　巻矢が久しぶりに署に足を運ぶというから付いてきたのに。一大イベントですよ？　今さら私を除け者《もの》にするのはあんまりですよ」

「んなもんイベントでも何でもねえぞ。つか、頼むから声をひそめてくれ。おまえの声が誰かに聞こえたらどうするんだ？」

「はい？　聞こえるわけないじゃないですか。だって私は幽霊」

「聞こえる場合があるだろう。おまえが取り憑いた相手には声どころか姿も見えちまうんだ。そして、ここは基本的に困った人間ばかりが寄り付く場所だ」

人香は「あ」という顔をする。そう。人香には「事件を抱えている」人間に取り憑く悪癖がある。取り憑かれた人間は人香を認識できるようになり、巻矢と「事件」が結びつくまでの間、その状態が続いてしまうのだ。事件が集まる警察署には条件に見合う人間がわんさかいて、まずいことに警察官の中には人香の顔を知っている者も少なくない。

二年前に失踪した月島人香巡査の姿が誰かに見られでもしたら大変な騒ぎになる。すでに故人だと知っているのは幽霊が見えている巻矢だけで、もし目撃されたらたちまち大捜索網が張られるだろう。そしてその間、人香に取り憑かれた目撃者は、そこにいるぞ、と言いながら何もない虚空を指差す奇行を続け、最悪、精神疾患を疑われて休職命令を出される羽目になるのだ。そんなことにでもなったら気の毒すぎて目も当てられない。

「というわけだ。わかったらとっとと帰ってくれ」

「むう。では、なるべく目立たないようにします。ほら、これなら大丈夫でしょ？」

壁の中にスーッと吸い込まれていく。まあ、姿は見えなくなったけど。

「おまえがそれでいいならいいが、息苦しくはならないのか？」

一拍の間を置いてから、壁がひどく悔しげに言った。

「……気分の問題ですのでお気になさらずに」

そこまでしてこの場にいたいのか。変なやつだ。巻矢はやはり懐かしさよりも居心地の悪さが先にくる。一刻も早く出て行きたくなった。

横断幕を持った集団が廊下の奥からやってきた。彼らの肩にはたすきが掛けられ『再開発反対』の文字が躍る。市街地再開発事業が発表されたのは一年前。それからというもの立ち退きや建物の解体に反対する地権者の一部と、再開発を進めたい行政が対立しているという話を聞いたことがある。

彼らはデモ集会をするための道路使用許可を取りにきたのだろうか。それとも、抗議活動が行き過ぎてしょっ引かれたか。

たぶん、前者だろう。彼らの顔つきはどことなく晴れ晴れとして見えた。反対に、集団の最後尾に付いてきた警察職員はげっそりしていた。

「いやあ、大福さんが相手だと話が早くて助かる。またお願いしますよ」

「または勘弁してくださいよ。もう無茶しないでくださいね」

「組合の出方次第じゃ！　俺たちゃ引くわけにいかねえんだ！」

「つうわけで大福さん、今後ともよろしゅう」

代表と思《おぼ》しき男性が大福の肩をバシバシ叩き、集団を引き連れてロビーから出て行った。にわかに注目を集めた大福は愛想笑いを浮かべて四方に頭を下げて回った。ロビーの隅を向いたとき、そこにいた巻矢と目が合った。

「あれ？　マッキーだ。こんなところで会うなんて珍しいね」

嬉しそうにやってくる。顔見知りを見つけて緊張が解《ほぐ》れたのだろう。げっそりとして見えていたのに、その名前に似つかわしいたぷたぷの頬肉にも血色が戻った。

「お疲れさん。何だったんだ、あれ？」

忘れてあっさり教えてくれた。

元同僚で同期の気安さから訊いてみた。大福も、巻矢がもう部外者だということを忘れてあっさり教えてくれた。

「土地再開発の反対運動をしているひとたちだよ。参ったよ。あのひとたち、見境ないんだもん。警察が止めに入ったのもこれで何度目かな」

「何だ。あいつらしょっ引かれてきたのか」

その割には満足そうにして帰っていったが。

「開発組合の事務所から通報があってさ。話し合いとか言いつつ、恫喝《どうかつ》、脅迫のオンパレード。レコーダーを聴かせてもらったんだけど、あれ、動物園のサル山だよ絶対」

「逮捕できないのか？」

「難しいみたいだよ。実際に暴行してくれたら話は早いのにって誰かが愚痴ってたくらいだもん。犯罪寸前のギリギリのラインを攻めてる。手馴《てな》れてるんだ。参っちゃうよ」

「ってことは、さっきのやつらはプロか？」

「何人かはね。代表のひとは確実だね。両陣営にそれぞれ入り込んで対立を煽《あお》ってるんだ。で、両陣営から用心棒代やら相談料やらを強請《ゆす》ってる。再開発の期間が長引けば長引くほど彼らの懐は潤うって寸法なわけ」

「ヤクザらしいビジネスだな。そこまでわかってるってことはもう切り崩すのは不可能に近いな」

「うん。だいぶ入り込まれちゃってる。よそから来た活動家っぽいひとも結構交じってて執拗《しつよう》に騒ぎを大きくしてくれてさ。ヤクザだけを排除したら即解決、とはもういかない。むしろ泥沼化しちゃうよ。僕にできるのは問題が起きてもそれ以上火種を大きくすることなく、たとえ一時凌《いちじしの》ぎだろうとその場を穏便に済ませることだけだよ」

さっきの連中が晴れやかだったのはその余裕の表れだったのだ。しかし、穏便に済んでいるのは大福の人柄によるところも大きいのだろう。

だが、大福にできることはそこまでだ。大福だけじゃない、警察もどちらかの陣営に肩入れすることはできない。見守るしかなかった。もどかしいけど仕方がない。

「まあ、調整役は僕の性に合っているからそれほど大変じゃないよ。ああいう手合いを巧《うま》くかわすのも技術のうちさ。僕、結構自信あるんだ」

「本当か？　さっきまでげっそりしていたじゃないか」

「ああ、あれは演技。恐《こわ》いひとたちは怯《おび》えた顔すると満足してくれるからね」

なんと。あのげっそりはわざと作っていたのか。見る者の憐憫《れんびん》を誘い、ヤクザからは満足感を、一般市民からは同情を引き出すなんて。つい感心してしまった。

大福はでっぷりとしたお腹《なか》を摑んで「ふっふっふ」と笑った。

「毎回げっそりしていたらこんなに太ってなんかいられないよ！」

「いや、そこはもう少し痩せたほうがいいんじゃないか？」

健康的に。

「やだなあ。僕はこれがベストなんだよ！　自分で言うのもなんだけど、僕の見た目ってほら、ゆるキャラみたいで癒やされるでしょ？　チビでデブだけど愛敬《あいきょう》がある！　子供やお年寄りに好評なんだ！　ヤクザも僕のことを侮ってくれるし、疲れた顔してたら必ず誰かが業務を手伝ってくれる。便利だよ。この体型」

ぽん、と腹太鼓を叩く。太々《ふてぶて》しい、とは正にこういう状態を言うのだろう。そうか。大福はわざとこの体型を維持していたのか。名前も「大福」だし、縁起が良さそうな存在感がある。思わず拝みたくなった。

「ところで、どうしてマッキーは署に？　辞職してからは初めてなんじゃない？　ここ来るの」

「初めてじゃないぞ。探偵になるとき申請しにきた。そのときの居心地の悪さったらなかったな。今日は仕事で来たんだよ。犯罪履歴を確認しにな」

「犯罪履歴？」

昨日のことだ。事務所に老夫婦が訪ねてきて、行き遅れの娘が連れてきた結婚相手が怪しいので調べてほしいと依頼された。結婚詐欺か何かではないかと疑っていて、その証拠を摑んでほしいというのだ。ずいぶん娘を信用していないのだなと思ったが、よくよく話を聞いてみると相手は十五も歳《とし》が離れていてかなり若かった。そして、交際期間は一ヶ月にも満たないという。なるほどかなり怪しい。

男の名前と、娘とのツーショット写真の画像データを頼りに調査を開始した。

「まずは男の顔と名前で照合して前科がないか調べようと思ってな。ネットや新聞で調べるのが普通だが、ここで調べるのが一番手っ取り早いだろ」

「名前が偽名だったらどうするの？」

「もちろんその調査もするけど、今わかっている素性の確認を取るのが先だ」

大福はそれもそうかと頷いてから、「いやでも」と眉間にしわを寄せた。

「犯罪履歴って一般のひとには開示できない決まりじゃなかったっけ？」

「そのとおりだ。警察庁へのアクセスは報告なしにはできないし、理由もいる」

「どうするの？」

「ツテを頼るさ。ここの刑事なら管轄区域内の犯罪者の顔も名前も覚えているだろう。口頭でだったら記録に残らない」

「履歴というよりは心当たりを探るんだね。面倒なことするね」

「俺の勘だが、刑事課なら誰かしらの記憶に引っ掛かると思う」

「なんだ、もう確信があるんじゃないか」大福は苦笑し、「詐欺師って特徴的な顔してるもんね」

刑事をしていたせいか、人相だけで犯罪者かそうでないかわかるようになった。巡回中の職務質問も経験則からくる直感で仕掛ける場合がほとんどで、警察官なら割と共感できる特技である。

「ということは、調べ物はすぐに終わりそうだね」

「そう願うね」

「じゃあ、僕から一つ忠告。あんまり目立った行動は控えるように。終わったらすぐに帰ること。署にはマッキーのことを良く思わないひとがまだまだいるんだから」

「別に気にしないけどな」

さっきから顔見知りとよく目が合う。愛想笑いを浮かべるのはまだいいほうで、目を逸《そ》らしたり「げっ」という顔をしてあからさまに迷惑そうにされたりするのを見ると、ちょっとだけ傷ついた。……気にしない、気にしない。そうでないとやってられない。

「マッキーはそれでいいかもしれないけど、マッキーが頼ったひとは肩身が狭くなるんだよ」

む。それを言われると弱い。担当していた事件を放っぽり出して手前勝手に退職した元刑事。それが警察内部での巻矢の評判だ。そんな人間と関わったっていいことなんてないだろう。

「それに、寺脇《てらわき》巡査部長もね。見つからないうちに済ませたほうがいいよ」

「ああ、若葉にならもう見つかった。早速嫌みを言われたよ」

従妹《いとこ》でもある寺脇若葉巡査部長は巻矢に対しておかしな対抗心を燃やしており、昔から何かと当たりが強かった。さっき遭遇したときも、「やっと探偵業を廃止する気になったわけ？　なら、あたしが手続きしてやるわよ。ほら、さっさとこれにサインしなさい」と廃業届出書を押し付けられそうになった。相変わらずくそ生意気な女である。

それはそれとして、事情を話したらすぐさま刑事課職員の取り次ぎに向かってくれたのはありがたかった。巻矢の手伝いではなく依頼者の老夫婦と娘を慮《おもんぱか》っての行動だが、そういうところの分別と正義感はまったく警察官向きである。

「そう。寺脇巡査部長ならそつなく人を集められるでしょ。じゃあ、僕はもう行くね」

「ああ。またな」

ロビーを抜けて通路に入るともう大福の姿は見えなくなった。そこから先は警察関係者か事件当事者しか立ち入れない区域だ。一般人の巻矢には最も縁遠い場所である。

若葉はまだか。スマホで時間を確認すると若葉と別れてからまだ十分ほどしか経っていなかった。待ち時間というのはずいぶん長く感じるものだ。

大福と入れ違いにロビーに駆け込んできたひとがいた。そいつは若い警官で、見覚えがあった。名前は確か、渡辺《わたなべ》。

辺りをきょろきょろと見渡し、声を殺して叫んだ。

「月島巡査！　どこですか⁉　いるんでしょ⁉　月島巡査ーっ！」

＊

一瞬、聞き違えたかと思ったが、渡辺はなおも月島人香の名前を呼んでいる。

背後の壁が喋《しゃべ》った。

「あ、やっぱり」

「おい」

「いえ、違うんです。巻矢が大福君とお話ししている間に少し署内をお散歩していたんです。そしたら、廊下の端にいた彼と目が合ってしまって。すごい勢いで走ってくるものですから慌てて逃げてきたんですが、ロビーまで追いかけてくるとは思いも寄らず」

大人しいなと思っていたらそんなことをしていたのか。

「だから帰れと言ったんだ！」

節操無く取り憑いてきやがって。不安をことごとく的中させてんじゃねえぞ。

「もうおまえ壁から出てくるな。ほかのやつにも見られたらややこしいことになる」

「はあ。まあ、仕方ありませんね」

やれやれ、といった感じの溜め息を吐く。本当にこいつは……。幽霊になって時間が経つにつれて自由気ままさに拍車が掛かっていないか？　微塵《みじん》も悪気がないところが一層腹立たしい。

渡辺が巻矢に気づいた。がっしりとした体格がのしりのしりと近づいてくる。巻矢の目の前で立ち止まると、がばりと直角にお辞儀した。

「お久しぶりです！　巻矢先輩！」

「おう。二年ぶりだな。元気にしてたか？」

「はあ。まあ、そうっすね」

曖昧に答えた。挨拶を交わして思い出した。渡辺は中高と野球をしていた根っからの体育会系であり、上には愛想を良くし下にはえばり散らすようなタイプである。思考回路も単純で扱いやすかったことを覚えている。

渡辺はまじまじと巻矢を見つめた。

「先輩、どうして署へ？ もしかして復帰するんすか⁉」

「しねえよ。ちょっとした野暮用だ。おまえこそ、さっき月島巡査を探していたようだったが、あれ何だったんだ？」

「えっと、それは……」

巻矢が退職した理由を聞きかじっていたのだろう、口ごもった。

そして、意を決したように顔を上げた。

「あ、あの！ もしかして、月島巡査を発見し連れてきたとかそういう理由で今日いらしたんですか⁉」

そういう誤解をされるかもと考えていたが案の定だ。すかさず手を振った。

「いや、違う。月島巡査はまだ見つかっていない」

「そうですか……」

渡辺は大袈裟《おおげさ》に肩を落とした。

「さっき通路でそれっぽいひとを見掛けたんすよ。絶対本人だと思ったんすけど」

どうやら宙に浮かんだり壁をすり抜けたりした瞬間を目撃したわけではないようだ。不幸中の幸いであった。

「月島巡査、一体どこにいるんでしょうか」

渡辺は痛ましい顔をした。とっくに死んでいると知ったら「では、俺が見たのは幽霊だったのか！」と驚き卒倒するんじゃなかろうか。

しかし、なんだろうな。行方不明の先輩の安否を気に掛けるのは、まあ、普通のことだとしても、ややオーバーな気がした。まるで身内か恋人が失踪したかのような悲《ひ》愴感《そうかん》があった。渡辺ってこんなやつだったたっけ？　そりゃあ人香は多くのひとから慕われていたし、巻矢や若葉にとってはかけがえのない存在だった。渡辺も同じように特別な思いを抱いていたとしても不思議ではない。

……いや、どうにもおかしい。そもそも人香と渡辺にそこまでの接点はなかったはずだ。人香はずっと交番勤務だったし渡辺は刑事課だ。応援で駆り出されでもしないかぎりお互いの現場が重なることはない。プライベートで親交があったなんて話も聞いたことがなかった。考えれば考えるほど、渡辺と人香の距離が遠ざかっていく。

直接訊いたほうが早い。

「渡辺って月島巡査と仲良かったか？」

「え？　いえ、まともに話したこともありません」

「じゃあ、仕事で世話になったとか。もしくは、警察官になる前に助けられた？」

「いいえ？　部署違うじゃないすか、俺と月島巡査。それに、月島巡査を知ったのは警察官になってからです」

だよな。やはりその認識で合っていた。

後ろの壁が渡辺に聞かれないギリギリの小声で補足した。

「私、彼の名前すら知りませんよ？」

じゃあ、どうしてこいつはそこまで人香の心配をするんだろう。それとも、相手が誰であれ等しく心配するのだろうか。でもこいつ、そんなタマだったっけ？

今度は巻矢がまじまじと見つめると、渡辺は気まずそうな顔をした。

「違うんです。これはその……」

「月島巡査に何か個人的な用でもあったのか？」

沈黙する。話す気はないということか。まあ、人香に近しいというだけで巻矢にその込み入っていそうな事情を話す義理も理由もないのだが。

と、思っていると、渡辺は声をひそめて言った。

「実は俺、月島巡査が失踪する前日に、街中であのひとを見掛けたんです」

なんだと。

「街中？　どこだ？」

「駅裏のホテル街です。捜査でうろついていたんですけど、そのとき私服姿の月島巡査を見ました。寂れた古いラブホに入っていくところでした」

衝撃的な内容だった。背後の壁にも緊張が走った。

ラブホテル？　人香が？　全然似合わない。相手はおそらく若葉だろうが、あいつもたぶん嫌がりそうだ。まさか性風俗を利用していたわけではないだろうが。……って、え？　もしかして、そうなのか？

「声を掛けるのも気まずいし、別に知り合いってわけでもありませんでしたからそのときは無視しました。けど、それから数日後に失踪したって聞いて、もしかしたらあのときラブホに入っていったのと何か関係があったのかなってずっと引っ掛かってて」

もしそのとき声を掛けていたら人香は失踪せずに済んだのではないか。渡辺はそれをずっと気に病んでいたという。

「このこと、ほかの誰かに話したか？」

「失踪した直後に、同僚と上司の何人かには。でも、もし月島巡査に恋人がいて、もしその日にそのひとと利用してなかったら最悪でしょ？　俺だってそれくらい配慮しますよ。信用できるひと数人にだけです」

その情報が巻矢の耳に流れてきた記憶はない。渡辺のひとを見る目は確かなようで、相談を受けた同僚と上司たちは広めることなく胸に仕舞っておいたようだ。

「本当なら巻矢先輩に真っ先に相談すべきだったんですよね。すんません。俺、そこまで頭回りませんでした」

「気にするな。俺は直後に警察辞めてるし、おまえも日常業務で忙しかっただろうしな。むしろ感謝する。新たな情報だ」

「役に立ちますか？」

「さあな。それをこれから詰めていく。そのラブホの名前は？　具体的な場所は？」

「名前はちょっと覚えていませんけど、場所は広田《ひろた》組の事務所の真裏です」

「広田組か。先週だったたか、覚せい剤の売人があそこから出なかったか？」

ええ、と誇らしげに頷いたものの、苦笑した。

「捕まえはしたんですけどね、末端すぎて広田組の関与まではわからないって。組対《ソタイ》なんて今すっげえピリついてますよ」

　長年、町の治安を脅かしてきた組織の一角である。暴力団担当の組織犯罪対策課は特に因縁が深い。

「丁度そのこともあってラブホの一件を思い出して、今一度上司や同僚に話したところに月島巡査にそっくりなひとを見掛けたものですから。なんかテンパっちゃいました」

　噂をすれば影が差す。それが行方不明中の人間だったとしたら慌てふためくのも無理はない。また、実際に人香の幽霊を目撃したのだとしても、強く意識したものと見間違いが起きるのはよくあることだ。渡辺はそれを自覚すると表情を弛《ゆる》めた。

「巻矢先輩に話したらちょっとだけスッキリしました」

「月島巡査のことなら任せておけ。おまえはもうそのことは忘れろ。間違っても若葉には言うなよ」

　渡辺は眉をひそめた。

「寺脇巡査部長ですか？　どうして？」

　おっと。人香と若葉が付き合っていたことを知らなかったのか。余計なことを言ってしまった。

「今言ったことも忘れろ。わかったな。わかってもらえたようだ。

「う、うっす」

凄《すご》んでみせると首を竦めた。わかってもらえたようだ。


刑事課の面々の近況なんかを聞いていると、ロビーにこれまた見知ったやつが現れた。渡辺と同期の千葉《ちば》だ。ずんずんとこっちにやってきて、渡辺の肩をがしっと摑んだ。

「渡辺！　なに油売ってんだ⁉　課長に呼び出されてるだろ！　さっさと行け！」

元々吊《つ》り上《あ》がっていた目をますます吊り上げて吠《ほ》えた。渡辺はうろたえることなく肩に乗った手を払った。

「いちいち呼びに来てんなよ、気持ち悪ぃ。時間になったら行くからほっとけ」

「刑事課の看板に泥を塗っておいて何だその言い草は！　おまえ一人の失態でどれだけのひとが迷惑していると思ってる！　このうえ課長の呼び出しまですっぽかすとか恥知らずも大概にしろ！」

「誰がすっぽかすなんて言った！　幻聴でも聞こえたか⁉　あ⁉　頭湧いてんのかおい！　ずいぶん勝手なことばかり言いやがって！　いわすぞコラ！」

瞬く間に沸点の低い喧嘩が始まった。殴り合うことまではしないが、お互いの襟首を摑んで額を擦り合わせている。そういや、昔から仲が悪かったよなこいつら。二年前よりますます険悪になっている。

黙って見ていると、千葉と目が合った。千葉は、とっくに退職しているとはいえ元先輩、そして現一般人を前にしてみっともない真似《まね》を晒《さら》していることに気づき、慌てて渡辺を突き放した。

「これは巻矢さん、お久しぶりです」

「おう、久しぶりだな」

生真面目に両踵《かかと》を揃《そろ》えて敬礼した。

「それでは、本官はこれで。──渡辺、必ず行けよ」

下手な弁明はかえって見苦しいと思ったのか、さっと切り替えて来たときと同じように大股で去っていく。ずいぶんと苛立《いらだ》っていたが、あれが千葉の地だったなと思い出す。昔から何かにつけてカリカリしているようなやつだった。

「はあ。あいつ、マジでうぜえ」

「心配すんな。課長は時間には厳しいが、それは遅刻したときの話だ。早く行ったってどうせ課長も来ていないぞ、たぶん」

「そうっすよね。俺だってそんくらいわかってるのに千葉のやつ」

「しかし時間指定で呼び出しだなんて穏やかじゃないな。何やらかしたんだ？」

刑事課の看板に泥を塗っただの、おまえ一人の失態だの、散々な言われようだったが。呼び出しの内容を軽い説諭くらいに考えていた巻矢は茶化すように訊いた。

しかし、振り返った渡辺の顔つきは予想に反して深刻なものであった。

「警察手帳を盗まれたんですよ」

喉から絞り出すようにして、そう言った。

*

それは、昨日の昼間に起きたことらしい。

渡辺は夜勤明けの体を引きずって仮眠室に向かった。引継ぎは終えていたが処理すべき書類が未提出だったことと、回らない頭で帰寮するのは危険なので少しでも眠気を取り除いておこうという判断からだった。祈るような思いで仮眠室のドアを開けた。

警察署の仮眠室は、玄関を背にロビーの右手通路の最奥にある。仮眠室には仮眠を欲する者しか行くことがなく、そのエリアは日中であってもシンと静まり返っている。

だが、そのときだけは仮眠室の前で刑事課の村治《むらじ》が立って電話をしていた。仮眠を取る前に電話に捕まったのか、仮眠中に着信に叩き起こされたのか、どちらかわからなかったが目を閉じたまま億劫そうに通話していた。

仮眠室に入ると先客がいた。二段ベッドの下段でイビキをかいていたのは千葉だった。脱いだ上着をハンガーに掛けていると、千葉が目を覚まし、文句を言ってきた。

「うるさくって寝てられない！　静かに上着を脱ぐこともできないのかおまえは！」

寝不足と疲労で限界に来ていたのでどんな罵詈雑言《ばりぞうごん》で反撃したのかよく覚えていない。千葉は激昂《げきこう》し、捨《す》て台詞《ぜりふ》を吐いて出て行った。千葉の捨て台詞がどんなものであったかも、どうでもよかったので忘れてしまった。

二段ベッドの上に上がり、枕元にスマホのアラームをセットして眠りに就いた。一瞬にして時間が飛んだ。泥のように眠っていたのだろう、瞼《まぶた》を閉じた次の瞬間にはアラームが耳元で鳴っていた。あっという間の三十分であった。

鉛のような体を起こしてベッドを下り、掛けていた上着に袖を通す。違和感はそのときすぐに感じ取った。胸ポケットに入れておいた警察手帳がなくなっていたのだ。ハンガーに掛けた際には確かにあった。床に落ちたかと思い確認したが見当たらず、ベッドの上、枕の下、仮眠室の隅から隅まで徹底的に探した。仮眠室を出て通路の端から端まで何度も往復し、それでも手帳は見つからない。

おかしいと思った。そんな馬鹿なと頭を掻《か》き毟《むし》った。仮眠室に入り、ハンガーに上着を掛けたその瞬間までは胸ポケットに確実に入っていたのだ。

何度だって言う。警察手帳は胸ポケットに確かに入っていたのに。

落としただけならすぐに見つかっているはずである。

考えられることはただ一つ——警察手帳は盗まれたのだ。

「俺が寝ていた三十分の間に誰かが上着から手帳を盗んでいったんです。それしか考えられないんです！　……でも、村治さん、俺が仮眠室を出たときもまだ電話をしていて、俺が寝ている間もずっとそこにいたらしいんですが、誰も中に入っていないって言うんです。もちろん、村治さんを疑いましたけど、村治さんが犯人なら盗んだ後もその場で電話をしているのはおかしい。普通ならとっくに逃げているはずです。村治さんを問《と》い質《ただ》したときの反応も不自然なところはなかった。

手帳は絶対に盗まれたんです。けど、誰も仮眠室に入っていない。少なくとも俺が入室して、千葉が出て行ってからは誰も出入りをしていない。仮眠室は鍵が掛けられない仕様ですが、状況的に誰の侵入も許していません。いわゆる密室ってやつでした」

渡辺は「へっ、推理小説じゃあるまいし」と自嘲気味に薄く笑った。

「これから課長に処分を言い渡されてきます。重い処分にならないことを、巻矢先輩、祈っていてください」

＊

そうして渡辺は弱々しい足取りで刑事課のフロアへと向かった。

警察手帳の紛失。なかなか洒落《しゃれ》にならない案件だ。実際のところ、それで「懲戒免職」を喰《く》らうことはありえないし、いいところ厳重注意で済む話だと思う。

しかし、そうは言っても警察手帳。もしも悪意ある者の手に渡った場合、どのように悪用されるかわかったものじゃない。それで一般市民に被害が出るのも問題だが、最大の問題は「警察官の不注意」によって引き起こされたという一点に尽きる。警察手帳は警察組織の威信の象徴である。それをいち警察官の不注意で紛失し、その上悪用されたとなったら信用の失墜を招きかねない。千葉は刑事課の看板に泥を塗ったと表現したが、とんでもない、日本警察全体の名誉に関わる大失態と言えよう。

紛失したのは消せない事実だ。覆しようがない。今、渡辺や警察署の人間に求められるのは、今後起こりうる最悪の事態を回避することだけである。つまり、早急に手帳を見つけ出さなければならない。

渡辺の記憶を百パーセント信じるならば――『村治に見られることなく仮眠室に侵入し、眠る渡辺を尻目に上着から手帳を盗んでいった何者か』の存在を認めなければならない。はたしてそんなことが可能なのか。

密室か……。

鍵になるのは。

「この場合、文字通り『鍵』になるのは村治さんですね」

人香が背後の壁からにゅっと頭を出して言った。

「村治さんが鍵の役割になっています。村治さんが人の出入りはなかったと証言するかぎり、渡辺君の警察手帳を盗んだひとは存在しえません」

ということになる。こいつはこいつで聞き耳を立てながら自分なりに推理していたのだろう。訳知り顔でうんうんと唸《うな》った。

あまりのわざとらしさに呆《あき》れてしまう。

「私が彼に取り憑けた理由がはっきりしましたね。このような『事件』を抱えていたのですから。しかし、私を介さずとも事件のほうから巻矢に近づいてくるなんて。やはり巻矢は刑事よりも探偵向きだったのかもしれませんね」

「しれませんね、じゃねえだろ。おまえさ」

「おや？　もしかして、もう謎が解けたのですか⁉　さすがは巻矢です。それでは解説のほどよろしくお願いします！」

誤魔化し方まで下手くそか。話題を避けようとするあまり、結論を急ぐような煽り方をするからさらにおかしな感じになるのだ。じろりと睨むとにへらと笑った。

渡辺の一件は一旦脇に置いておく。まずはっきりさせておきたいのはこっちの話題だ。

「渡辺の目撃証言だ。駅裏のラブホなんぞに通っていたのか、おまえ？」

人香からしたら触れられたくない恥部であろうが構うものか。

人香はぶんぶんと激しく首を横に振った。

「知りません！　私、ラブホテルなんて生涯でただの一度も利用したことありません！」

「生涯でただの一度も、ってのはさすがに言いすぎだろ。余計嘘くさくなる」

「本当です！　若ちゃんとはどちらかの実家のお部屋でしかしたことありません

し！」

「……」

最も知りたくなかった情報だった。二人の実家の部屋を直接見たことがあるから余計に。あ、くそ。想像しちまった。最悪だ。

「私も若ちゃんも人前で手を繋いだりだとか、そういうことができない性分でしたから。ラブホテルに出入りするというのは、その、そういった仲であることを公言するようで気恥ずかしいです」

「若葉は確かにそういうタイプだな。じゃあ風俗で利用したことは？」

「私は若ちゃん一筋です！」

「まあ、そう言うわな」

「本当ですってば！　私には疚《やま》しいところは一切ありません！」

「その割にはこの話題を避けていたな。何でだ？」

むっと、珍しく怒った顔になる。

「そんなの、そういう疑いを掛けられるのが目に見えていたからですよ！」

男同士、だからどうしたってことしか思わないが。しかし、自分事に置き換えてみると人香の気持ちが理解できた。その手のあらぬ疑いは確かに屈辱的である。

「悪かったよ。じゃあ、渡辺の証言は丸っきりデタラメだったってことでいいな？　単なる人違い。見間違い。思い込み。おまえには一切心当たりがない。そうだな？」

「ありません！　ありません、けど……」

徐々に語気が萎《しぼ》んでいった。

「自信はありません。何せ、私には死の前後数日間の記憶がまったくありませんから」

人香は、幽霊になった後に自分が死んだことを自覚したという。死因が事故なのか殺人なのか、どこでどんな状況で命を落としたのか、何一つ知らなかった。

「そういう目的で利用しなかったというのは確信を持って言えますが、ラブホテルに入った可能性までは否定し切れません」

たとえば、窃盗の現行犯を追いかけて入っていったとか。目撃した指名手配犯を尾行するために一時的に利用したとか。可能性ならいくらでも挙げられる。その直後に人香は行方不明になったのだ。何らかの事件に巻き込まれたと考えるのが妥当だろう。

「わかった。おまえが普段使いしていなかったってのは信じる。だとすると、そのラブホはおまえの失踪に関係している可能性が極めて高い。調べる必要があるな」

「そうですね。身の潔白を証明するためにもお願いします」

思わず笑みをこぼす。

「目的がずれてんぞ。だが、ようやく掴んだ手掛かりだ」

人香の死の真相究明には手掛かりが乏しすぎて近頃は暗礁に乗り上げていた。そこへ新たな目撃情報である。解決へのわずかな光明。たとえ空振りに終わるとしても、数多く存在する可能性の一つを潰せたら、それはそれで一歩前進する。

渡辺には感謝しかない。この恩に報いるためにも。

「警察手帳の行方を少し考えてみるか」

「ええ。私にも協力させてください」

＊

いざ考えようと思ったら、渡辺が話した内容以上の情報がない。

ひとまず情報収集だ。

「人香、仮眠室を見てきてくれないか？　俺が現職でいた頃と場所とか様子が変わっていないかどうか確認してもらいたい」

「いいですけど、私だと違いに気づけるかどうか。私が見るより巻矢が直接確認しに行ったほうが早いのでは？」

「俺はもう部外者だ。勝手に入れないし頼んでも入れてくれる保証はない。こういうときにおまえを使わないでどうする？」

関係者以外立入禁止の区域である。人香に頼るしかない。

「わかりました。協力するって言いましたしね。行ってきます」

「場所もそうだが内装も詳しくな。窓の有無とか、窓の外の様子なんかもだ」

「了解です」

壁の中にスーッと消えていく。誰かに目撃されることのないように壁の中を移動していくつもりのようだ。普段は抜けてるやつだが、人香も元警察官。しっかり調査してきてくれるだろう。

その間に改めて状況を整理してみる。問題のポイントを押さえられれば、必要な手掛かりが見えてくるはずだ。

事件が起きたのは昨日の昼間。渡辺の警察手帳が盗まれた。場所は仮眠室。

仮眠室は場所が二年前と同じなら、いま巻矢が立っている位置から見て右の通路、その突き当たりにあるはずだ。仮眠室へはこの通路を通らなければ辿《たど》り着《つ》けない。

一直線の通路の途中には倉庫がある。事件なんかで押収した物品を保管しておくための部屋だ。仮眠室の手前にあって、そっちは割と人の出入りが多い。昨日の昼に倉庫を利用した人間に片っ端から聞き込みをすれば、あるいは犯行を目撃したとする証言が得られるかもしれないが、……現実的じゃないな。今の巻矢には聞き込みをすること自体難しい。

今のところ有力な証言を持っているのは刑事課の村治だけである。巻矢の先輩で、歳は十以上離れている。現役時代は仕事上の相談にもよく乗ってもらった。

村治は渡辺が就寝していた三十分の間、仮眠室の前で電話をしていたという。村治は『誰も仮眠室に出入りしていない』と証言している。村治の目をかいくぐって侵入することは不可能だった。

すなわち、誰も渡辺の手帳を盗むことができない状況だった。

ふむ。こうして要点だけでまとめるとだいぶスッキリするな。

まず、手帳は本当に盗まれたのか？　これぱっかりは渡辺の言葉を信じるほかない。本当はただ落としただけで、今ごろ誰かが拾って届けてくれていたら一件落着だ。

では仮に、渡辺の言うとおり、誰かが悪意を持って盗み出したとしよう。その誰かと動機は今のところ推理しようがない。渡辺に恨みを持つ人間がどれだけいるかわかりっこないし、容疑者すら浮かばない現状でそれらを考えることに意味はない。

5W1H——いつ、どこで、誰が、なぜ、どうやって、何をしたのか。はっきりしていることと推理しようがないものを取り除くと解明すべき謎はただ一つ。

「どうやって——仮眠室に侵入したか、だな」

たとえ犯行が可能であっても、仮にそれを証明できたとしても、渡辺の処分が覆る可能性は低いだろう。しかし、ただの「不注意」で手帳を紛失したとするよりは渡辺の体面もいくらか保つことができるはずだ。解き明かす価値はある。

やるべきことが見えると、欲しい情報も自《おの》ずとわかる。求められているのは『村治の目をかいくぐる方法』だ。


ロビーに再び千葉が姿を現した。手を上げて招くと千葉は迷惑そうな顔を隠そうともせずにやってきた。

「巻矢さん、あなたはもう一般人なんですから気安く呼び付けられるのは困ります」

「は？　何でだ。一般人は声を掛けるなってか？　ひでえな」

退職してまで先輩風を吹かせられるのは我慢ならない、というふうに受け取って皮肉で返すと、千葉は呆れたように小さく溜め息を吐いた。

「違いますよ。節度の話をしているんです。あまり気安いと舐《な》められます。警察は権威で恐れられているくらいが丁度いいんです。それが防犯に繋がりますから」

「ふん」

わかる理屈だが、警察側の人間が言うとただの横暴にしか聞こえない。組織への忠誠も行き過ぎると増長を招くいい例だ。千葉は気づいていないようだが。

巻矢には響かないとわかり、千葉はふて腐れたように視線をずらした。

「それで何か御用ですか？」

「手帳が盗まれたって話を渡辺から聞いたんだが、おまえ、渡辺と入れ違いに仮眠室を出て行ったんだってな？　そのとき仮眠室の前に村治さんがいたと思うが、見たか？」

視線が動く。巻矢を胡散臭そうに見つめて、「あいつ」と小声で吐き捨てた。

「ええ。いましたね。電話に向かって平謝りしていました。たぶん奥さんだったと思います。村治さん、捜査でなかなか家に帰れないからその釈明をしていた感じでした」

「村治さんらしい。昔からカミさんに頭が上がらないひとだったよ」

「ついでに言わせて頂きますと、私は仮眠室を出た後、隣にあるトイレの個室に入りました。途中で起こされましたからね。個室で目を閉じて仮眠していました」

「トイレ？　――ああ、そういえばあったな。仮眠室と倉庫の間にあって、暗くてじめじめしたトイレが。使ったことがないから忘れてた」

一般人の利用が多いロビーのトイレは何度も改装されていて、職員にも人気だ。反対に、仮眠室がある棟は警察署が建てられた当時からほとんど手付かずで、当然トイレも古いまま。利用者は少ないだろうから仮眠を取るにしても穴場に違いない。

「たぶん三十分近く意識を失っていました。で、外に出てみたら渡辺が通路を行ったり来たりしてて。私と目が合うと第一声が『俺の手帳を返せ』でした。あまりに馬鹿馬鹿しかったので取り合わずに移動しました」

そこまで言い切ると、千葉は不機嫌そうに顔をしかめた。睡眠の邪魔をされ、トイレを出ると泥棒呼ばわりされ――そんな話を蒸し返されて、おまけに巻矢が渡辺の言葉を支持しているとわかれば、そりゃいい気はしないはずである。

「巻矢さん、もしかして渡辺から月島巡査のことも聞いたんじゃないですか？」

「ああ。よくわかったな。いい情報を聞けたよ」

千葉は盛大に溜め息を吐いた。手の施しようがないと馬鹿にするように。

「手帳のことを巻矢さんが調べるのは勝手ですけど、あまり渡辺の言うこと真に受けないほうがいいですよ。これがあいつの手口なんですから」

「どういう意味だ?」

「手帳を失《な》くしたら盗まれたと騒ぎ、犯人を取り逃がせばほかのことに気を取られていたと言い逃れする。月島巡査を見たって日、渡辺は麻薬密売人を追っていたんです。でも、あとちょっとってところで取り逃がした。課長も先輩たちも睡眠時間削って張り込んでましたからね、その怒りは相当なものでした。渡辺も珍しく反省していましたね。けれど、月島巡査が行方不明だと知った途端にあいつは『月島巡査を見た』と言い始めたんです。本当だったらその日、ヘマしたときに言えばいいのにですよ? 本当は見ちゃいないんですよ。都合がいいから利用しただけで、あいつは月島巡査の心配なんかこれっぽっちもしていません」

なるほど。確かにそういう見方もできる。だが、それは千葉の憶測にすぎない。渡辺は人香のプライベートに関わることだから口外しなかっただけで、事件性があるかもしれないから報告したと言った。そちらの理も通っていると思う。頭ごなしに否定できるものじゃない。麻薬密売人を取り逃がしたって話は初耳だが。

それにしても。思わず苦笑する。

「渡辺のこと、そんなに嫌いか?」

千葉は即答した。

「嫌いですね。軽薄で自信家。自己中心的。和を乱していても気づかないし気にしない。口先ばっかで中身が伴っていない。なのに、一切努力をしない。加えて、サボりの常習犯です。好きになれってほうが難しいですよ」

「ほう。そういう一面もあるのか。あいつには」

上に対して愛想がいい渡辺の見えざる部分であった。

しかし、サボりの常習犯か。上司が気づいていないなら、かなり要領がいいってことになる。千葉には悪いが、渡辺みたいなやつが上から評価されやすく、逆に融通が利かない千葉みたいなタイプが貧乏くじを引いたりするのである。

「巻矢さんは渡辺の手帳は盗まれたと思っているんですね」

「確信はないが、盗まれたと仮定して考えている。泥棒が署内をうろついていたらやばいからな」

「たとえ本当に盗まれたんだとしても自業自得ですよ。そうされたって仕方ないやつなんです、渡辺は。あいつにはいい薬だったと思いますよ」

「そこまで言うか」

苦笑する。千葉はふんと鼻を鳴らすと、踵《きびす》を返《かえ》した。

「渡辺がどうなろうと知ったことではないですが、警察の権威を穢《けが》した罪は重いです。

正直、自主的に退職してほしいくらいです。そのときは雇ってあげたらどうですか?」

「なんで俺が」

そう言って笑うと、据わった目つきで睨んできた。

「捜査を放っぽり出して辞めたひとにはお似合いじゃないですか」

＊

どうやら千葉に盛大に嫌われてしまったらしい。別にあいつを疑ったわけではないが、千葉からしたら容疑者扱いされたように感じたのかもしれない。

さて。千葉の好感度と引き換えに得られた情報によって、村治の「鍵」としての役割がより強固なものになってしまった。村治があの場にいたという証言ばかり増えていけば、村治の監視をかいくぐる隙間がどんどん細っていってしまう。

それから、トイレの存在を思い出した。仮に泥棒がいたとして、何らかの方法で渡辺の手帳を盗んだ後トイレに潜伏していたとすればどうか……。いや、厳しいか?

しかし、千葉が一つしかない個室を占拠していたので潜伏できたか正直微妙ではあるが、そのとき千葉は寝ていたと言うし、完全には否定できないだろう。

とりあえず保留しておく。村治から直接話を聞きたいところだが、呼び出すにしてもまずは巻矢の用事を済ませてからだ。若葉のやつ、まだ来ないのか……。

廊下の奥からゴロゴロという台車の音が聞こえてきた。徐々に近づいてきて、台車を押す小柄な女性警官二人がロビーに入ってきた。台車には段ボール箱が大小二つずつ、さらにそれらを上から押さえつけるようにしてステンレスの折り畳み式昇降台が載っていた。右の通路に向かっていく。おそらく倉庫に収納しに向かっているのだろう。

さらに女性警官たちの後ろを小柄な職員が付いていく。……いや、小柄だと錯覚したのは縦の高さだけで、横幅は女性警官たちと比べるのも失礼なレベルでかなり太い。自らをゆるキャラだと誇っていただけあって確かな貫禄《かんろく》と愛敬がある気がした。大福だった。

丁度いい。大福にも手帳のことを聞いてみよう。

手を上げると大福はすぐに気づき、女性警官たちに断りを入れると、やってきた。

「まだいたんだ？　寺脇巡査部長はまだ来ないの？」

「ああ。おかげで別の厄介事に巻き込まれた。渡辺の手帳の一件、知ってるか？」

　大福は「うわ……」と口にした。

「もうその話広まっちゃってるの？　勘弁してよう。せっかく内々で済ませられそうだったのに」

「ああ、そうか。大福は人事にも絡んでいるんだっけ」

「僕の担当じゃないけどね。警察官の評定と不祥事の尻拭いは大体警務課の仕事だよ。昨日の今日だしまだ対応はできてないけれど、なんとか外に漏れずにやり過ごせそうだったのに。どうして外部のひとに言っちゃうかなあ」

「まあ、俺は元警察官だし、事情は渡辺本人から聞いたんだ。大目に見てやってくれ。誰かに愚痴りたかったんだろうさ」

「愚痴って……。これはもう渡辺君個人の問題じゃないんだよ。組織の面子《メンツ》に関わることなんだ。いくらマッキーが相手だからって機密を漏らすのはよくないよ」

　警察の不祥事が機密扱いか。考え方はひとそれぞれだが、大福が面子を保持するためなら隠蔽もやむなし、という立場でいることに少し驚いた。

　そういえば大福は、どんな揉《も》め事《ごと》もその場が穏便に収まるなら問題を先延ばしにしてでもそうする、というようなことを言っていた。それが大福の警察職員としての信条なのだろう。大福は職務を忠実に誠実にこなしているだけなのだ。

大福の性分は理解した。が、巻矢には関係のない話である。

「昨日、仮眠室に出入りした人間がいないか探してる。村治さんがいたって証言ばかりで進展がないんだ。大福は何か知らないか？」

「ちょっとちょっとちょっと！　マッキー、もしかして渡辺君の言っていることを信じているの？　同じ警察官に窃盗犯がいるって本気で思ってるわけ？　で、これまたまさか犯人を見つけようとしているんじゃないでしょうね？　やめてよもう！　そんなことされたら僕の胃に穴が開いちゃうよ！」

「警察官が犯人だと決めつけてるわけじゃない。でも、もしこれが窃盗なら放っておくほうがまずいだろ」

「窃盗だってことが確定しちゃうほうがまずいんだってば！　警察官も容疑者に含まれているなんてことが露見したら世間に顔向けできないよ！」

「心配するな。俺が個人的に考えるだけだ。公表する気はない。若葉を待っている間の暇潰しくらいに思ってくれ」

大福は納得いっていない顔である。巻矢が下手を打つとは考えていないのだろうが、隠蔽しようとしているものを部外者にまさぐられるのが我慢ならないようだ。

「このままだと村治さんが一番怪しいってことになっちまう。手帳が出てこないかぎり、あのひとは容疑者の一人としてこれからも疑われ続けるだろう」

もう手遅れだと言っておく。

「だったら、窃盗事件じゃなく紛失事故のほうに確定させて不祥事のレベルを下げたほうがマシじゃないか？　その手伝いをしてやろうって言ってんだよ、俺は」

はあ、と溜め息。大福は眉間を指で摘《つま》んで苦しそうに唸った。

「物は言いようだね。わかったよ。どうせ言っても聞かないんでしょ？　なら、僕からの証言も参考にして、窃盗じゃなく単なる紛失事故だったって証明してみせてよ」

話そうと決めたら気が軽くなったのか、すっきりした表情で流暢《りゅうちょう》に切り出した。

「僕も昨日、その時間、一人で倉庫整理をしていたんだ。仮眠室の手前にある倉庫ね。細かな時間はわからないけれど、確かに仮眠室の前には村治さんがいた。で、倉庫整理を終えて通路に出たら今度は渡辺君がうろうろしていたんだ。どうしたのと声を掛けて、そのとき大体の事情を聞いてさ。手帳を盗まれたと騒ぐ渡辺君にこれ以上口外しないようにと注意した」

「倉庫の中を探させろとは言われなかったのか？」

「言われなかったよ。僕が倉庫にいたことも知らなかったみたいだし」

「……村治さんがその場からちょっとでも動いたってことはなかったか？」

「さあ。僕は倉庫に籠もっていたしドアも閉めていたからね。通路の様子は見てないよ」

「ふむ」

「その後、各部署の課長さんたちにメールで伝えて、事情を知る少数精鋭で手帳の大捜索が始まった。以上が今の状況かな」

「ん？　職員全員が知ってるわけじゃないのか？」

「そりゃそうだよ。緘口令《かんこうれい》を敷いてるんだから。巻矢も誰彼構わず聞いたりしないでよ。あ、寺脇巡査部長にもね、このこと知らないと思うから口滑らせないでね」

聞き込みできる人間が極端に狭まってしまった。まあいいさ。どちらにしろ、巻矢と立ち話してくれる警察官は少ないのだし。

「意外だよね。マッキーが後輩から慕われていたなんて知らなかった」

「渡辺のことか？　いや、特に仲が良かったわけじゃない。顔合わせるまで名前すら忘れていた。さっきも言っただろ。単にあいつの愚痴に付き合っただけさ」

「ふうん。愚痴とか言いながら盗まれたってトコは簡単に信じちゃうんだね。お人好《ひとよ》しなのか、それとも……根っからの事件好きなのかな」

咄嗟《とっさ》に返す言葉がなかった。人香には普段から散々『探偵向き』だと揶揄《やゆ》されており、同じく近しい間柄の大福までもが『事件好き』だと当てこする。何を、と突っぱねればいいのにしないのは、無自覚ではなかったからだ。

きっと、それは巻矢の性分なのだろう。事件があれば謎解きに夢中になってしまうのだ。柄ではないと感じているし、死体に群がるハイエナみたいで卑しいとも思っているのに、気づいたときにはとっくに推理を始めている。

恩返し？　違うだろう。

「天職だったんじゃない？　『探偵』」

「……ありがとよ」

それが嫌みであることはすぐにわかった。

＊

とはいえ、大福と軽口を叩き合うのはいつものことだ。いちいち気にしない。

「おっと。そろそろ行かないと。倉庫整理がまだ終わっていないんだった」

「そうか。仕事中なのに引き留めて悪かった」

「本当だよ。それじゃ、推理の結果を楽しみにしてるよ」

そう言って踵を返しかけたが突如、大福はぴたりと足を止めた。雲を突くような巨体——は言いすぎだが、遠目にもわかる一九〇オーバーの長身がのっそりとロビーを突っ切って歩いてきた。巻矢の許《もと》に。

渦中の人物、刑事課の村治だった。

運がいい。話を聞きたいと思っていた人物が向こうからやってくるなんて。現役時代には割と仲良くさせてもらった先輩である、巻矢がいると聞いて挨拶しにきてくれたのかもしれない。村治は満面に笑みを湛《たた》えた。

「お？ 大福もいるじゃないか。今日は倉庫整理じゃないのか？ 人手が足りないなら手伝うぞ」

頭上高くから見下ろされたものだから、大福は一瞬言葉に詰まった。

「あ、ありがとうございます。今日は人手は足りてるんで大丈夫です」

そこで村治は目が合った巻矢に気を利かせて説明した。

「昨日、倉庫整理をしている大福を見掛けてさ。大変そうだったんでな」

「ああ、そういうことですか」

仮眠室の前で電話をしていたとき、忙しそうにしている大福がずっと気になっていたという。面倒見のいい村治らしい。

足りている人手というのはさっきの女性警官たちのことだろう。大福は「それじゃ」と頭を下げ、小走りになって今度こそ右通路に消えていった。

「村治さん、お久しぶりです。相変わらずでかいですね」

長身の巻矢でも見上げる大きさである。村治はにかっと笑った。

「おう。いまだ成長期だ！」

それは恐い。ぜひ冗談であってほしい。

「なんか大変そうですね。渡辺のこと」

「なんだなんだ、どこかから聞いたのか？　そうなんだよ、参っちゃうぜ。渡辺にはアリバイを根掘り葉掘り聞かれるし、千葉は渡辺の肩を持つなとうるせえし」

「村治さんは仮眠室の前から一歩も動かなかったんですよね？」

「おう。眠かったからな。電話が終われば速攻で寝るつもりだった」

「渡辺が寝ている三十分の間、本当に誰も仮眠室に出入りしていないんですね？」

「俺は見ていない。電話しててもそれくらいは気づけるさ。だっていうのにおまえ、面倒くせえ。犯人探ししたって仕方ないだろ。手帳も探さにゃならん。このクソ忙しいときに。時間を作るのも大変だったんだぜ。だから、手短に頼むわ。ほれ」

「はい？」

村治が差し出した片手をじっと眺めた。何を催促されているのかわからない。思わず首をかしげると、村治は眉をひそめた。

「あれ？　寺脇に言われてきたんだが、違ったか？」

「ああ、若葉が頼んだのって村治さんだったんですか」

「そうだよ。何だよ、おまえの指名じゃなかったのか。寺脇にな、巻矢が調査協力を求めているから手伝ってあげてくれって言われてよ。慌てて時間作ってみりゃおまえ、寺脇は黙ってどっかに行っちゃうし。勝手だよなあ、あいつ」

先輩だけ出向かせるところがいかにも若葉らしい。

村治が来てくれて運がいいと思ったが、巻矢の知り合いで巻矢に協力してくれそうな刑事で、そこそこ信頼と実績がある人間という条件を付け加えると候補に挙がるのは一人か二人。村治に白羽の矢が立ったのも当然と言えば当然だった。

「寺脇のやつ、男の同僚には鬼みたいに厳しいくせして巻矢にだけは優しいよな」

「冗談言わんでください。あいつが心配しているのは俺の依頼主だけです。俺には早く探偵を辞めろとうるさいですよ」

「それも優しさじゃないのか？　警察に戻ってほしいってことだろ？」

……いや、単に目障りなだけだろう。若葉は俺が、人香失踪にかこつけて探偵業を楽しんでいるものと疑っている。性分を自覚した今ではそのつもりがまったくなかったとは言い難《がた》い。人香を見つけ出したい気持ちは本当だったたし、警察を辞めたのもそれなりの覚悟あってのことだった。しかし、辞めるのに一寸の躊躇《ちゅうちょ》もなかったことを思い返すと覚悟なんて言葉も口幅ったく思えてくる。若葉はきっとそれを見透かしていたのだ。

「ほれ。結婚詐欺師疑惑の男の顔画像、見せてみろ」

押し黙った巻矢に村治は、気を遣ったのか空気を読めなかったのか、あっさり本題を振ってきた。内心安堵しつつ、スマホに入れておいた男の画像を表示させた。

「ははあ。こいつか。見覚えあるぞ。何件か詐欺被害の通報があったはずだ。だが、逮捕には至れていない。こいつの小賢《こざか》しいところはな、極力嘘や騙《かた》りをしないところだ。名前も経歴も職業もすべて本当のことを言っている。あくまで女性側が自分の意志で貢いでくれたという形に収めている。すごいぞ。確か、数百万単位のお金を毎度騙《だま》し取《と》っていたはずだ。だが、金銭の受け渡しも自由恋愛の範囲内でのことなら誰も文句は言えん。結婚する気がなかったかどうかを立証するのは難しいし、連絡が取れているうちは結婚詐欺だと認めることもできない」

「限りなくクロに近い、と。でも、今回は本当に結婚の意志があるのかもしれない」

思ってもいないことを口にすると、村治も「まさか」と笑った。

「顔見りゃわかるだろ。こいつの顔は騙す気満々だ」

対策として、男が過去に詐欺被害で訴えられていることを女性本人や両親、女性の知人にも知ってもらう。もし女性がそれでも男に入れ込むなら、男との口約束をすべて録音しておいてもらう。好きなひとを疑いたくない心理が働くことを見越して女性の私物にレコーダーを仕掛けておくのも一つの手だ。騙されているひとを救うには周りのひとたちの頑張りが必要となる。

「何かあったらすぐに連絡しろ。こっちでもこいつの犯歴漁《あさ》ってみる」

「ありがとうございます。助かりました」

「いいさ。被害者のためだ」

クソ忙しいと言っていたのは本当らしく、村治は急ぎ足でロビーを後にした。

＊

「巻矢、出ても大丈夫ですか？」

「ん？　ああ、いま誰もいないぞ」

ぬっ、と壁から顔が出てきた。慣れているから気にならないけれど、客観的に見たら生首が壁から生えているこの画面はかなり恐い。

「どうだった？」

「仮眠室ですが、私の目から見ても昔とまったく変わっていませんでした。場所はもちろんのこと、ベッドの配置から寝具の色まで。窓の外も駐車場があるだけで代わり映えしませんね。窓は鍵が掛かっていました。壊れている様子はありませんでした」

「第一に疑う侵入経路は窓だ。鍵が壊れていたら渡辺がとっくに指摘している。たぶん、窓からの侵入はないだろう」

「巻矢のほうはどうです？ あれから何か情報は得られましたか？」

「千葉、大福、村治さんと順に話した。新たな情報として、千葉はその時間トイレで仮眠を取っていたらしい。大福は倉庫整理をしていた。で、村治さんは俺が犯人探しをしているとわかって、仮眠室に出入りした人間を見ていないとはっきりと答えた。トイレにも倉庫にもほかの人影についての言及はなかった。つまり、登場人物はこれに渡辺を入れた四人に絞られたってわけだ」

この中に犯人がいる——と考えるのはさすがに安直すぎるだろうか。しかし、犯行可能な距離にいたのは千葉、大福、村治の三人だけである。

村治が犯人なら、「鍵」云々《うんぬん》を解き明かす必要もないので即解決。……まあ、渡辺も言っていたように、村治が犯人だとして仮眠室の前に居続ける意味がわからなくなるわけだが。

そして、千葉か大福が犯人だった場合、どうやって村治の目をかいくぐったのか。

やはりそこに行き着く。

「大福君といえば、先ほど倉庫整理をしていた女性警官さんたちの会話を聞くとはなしに聞いたのですが。昨日のお昼頃、大福君ひとりに倉庫整理を任せてしまったと申し訳なさそうに話していました。高いところに荷物を載せるのに大福君だけでは大変だったろうという話でした」

「ふうん。大福が一人で倉庫整理をしていたってのは本当だったんだな」

別に疑っていたわけではないが、大福があの場にいたという証拠はほとんどないに等しかった。倉庫整理は、盗難の可能性が万に一つも浮上しないよう村治のアリバイを完璧なものにしようとして咄嗟に吐いた嘘だとも考えられたのだ。渡辺と通路で出くわしたのは偶々《たまたま》で、最初から倉庫には行かなかったのではないか、と。

もし村治が犯人だった場合、さっき二人は口裏を合わせた会話をしたことになり、それにはぞっとするが、面子のためなら隠蔽も辞さないという大福ならそれくらいはしそうだと思ったのだ。

しかし、そうではなかった。大福は嘘を言っていない。

そして、村治もやはり犯人じゃない。

誰も手帳を盗み出すことはできなかった。

「やっと片付きましたね」

「ねーっ」

「でも数日したらまためちゃくちゃになるんでしょうね」

「ねー……」

女性警官たちが空の台車を押してロビーに入ってきた。大福の姿は見当たらない。

右の通路には上階に続く階段があるので大福だけそっちから移動したのかもしれない。

「……」

ふと違和感が……。単に言い回しの問題か？　しかし、思い返してみるとやはり不自然だ……。

いや待て。俺は今、そもそもどうしてそんなことを疑問に思った？

「……人香、もう一度倉庫を見てきてくれないか？　確かめてほしいものがある」

「はい？　確かめてほしいものって？」

ただ確認して戻ってくるだけだ。人香は三十秒足らずで帰ってきた。

「ありましたよ。でも、アレが何なんですか？」

スマホを取り出す。架電先は村治だ。

「もしかしたら、村治さんは大福を庇《かば》っている可能性がある」

「え？　どういうことです？　ま、まさか、犯人は大福君⁉」

呼び出し音が止《や》んだ。村治が苦笑気味に電話に出た。

『何かあったら連絡しろとは言ったが、早すぎないか？　何だよ？　聞きそびれたことでもあったのか？』

「はい。昨日のことでちょっと。正直に答えてほしいんですが、村治さん、仮眠室の前にずっといたっていうのは嘘ですよね？　いえ、嘘は言い過ぎました。正確に言うなら、ほんの一瞬、一分か二分程度その場から移動しませんでしたか？」

『どうだったかな？』

身に覚えがないなら真っ向否定すればいい。その惚《とぼ》けた言い草は移動したことを認めていた。

「心配しなくても俺と大福の仲なんで。今さら隠すことでもありませんし」

そう言うと、ふう、と溜め息が聞こえてきた。

『ならいいか。おまえの言うとおり一分か二分程度だったよ。よくわかったな？』

「ありがとうございます。ついでに一つお願いを聞いてもらってもいいですか？」

『お願いか？』

「はい。でないと、俺がやるしかなくなります」

『……仕方ないな。わかった。やるよ』

これでおそらく事件は解決するはずだ。

＊

再三、お遣いに出された人香であったが不平不満を口にしなかった。代わりに、目を輝かせてどういうことかと訊いてきた。

「どうして手帳を捨てに行くとわかったんですか⁉」

「そうなるように仕向けたからな。あんまり思ったとおりに行動したんでかえって驚いた」

それだけあいつは追い詰められていたのだろう。渡辺を陥れるつもりが、手帳の重みに犯人自身が耐え切れなくなったのだ。

警察署の裏にある駐車場。そこの植木の陰にひっそりと置かれた警察手帳を回収する。

あとはこれを村治に届ければ一件落着だ。

「玄関先で拾ったことにしよう。目立たない場所に捨ててあった物をあっさり見つけて持って行ったら逆に俺が疑われかねん」

「放っておいてもよかったんじゃないですか？　ここはひとがよく通りますし、遅くとも明日の清掃時間には発見されていたと思いますよ」

「それだと一般人か事情を知らない警官に拾われるかもしれないだろ。大福じゃないが、発覚していない問題を内々で処理できるならそれに越したことはないんだ」

「しかし、意外でしたね。彼……、ええと、名前何て言いましたっけ？」

「千葉な」

「そうでした！　千葉君です！　彼が手帳を盗んだ犯人だったなんて！」

人香は犯人がわかって興奮しているが、巻矢はそれほど意外とは思わなかった。千葉、大福、村治の中で、犯行に及んでもおかしくないのは渡辺と仲違《なかたが》いしている千葉だけだった。そして、村治が仮眠室前から移動した一瞬の隙に手帳を盗み出すことができる人間は千葉しかいなかったのだ。

巻矢が村治に電話でお願いしたことはこうだ。

「今から千葉に『所持品検査をする』とでも言ってください。渡辺の警察手帳がおまえの私物の中に紛れているかもしれないとかなんとか言って」

すると、村治は『そうじゃないかと思っていたよ』と観念したように了承した。

『どうして千葉だと思った？』

消去法からというのも理由の一つだが、決定的な根拠はこれだけだ。

警察官なら誰もが共感するであろう特技の一つ。

「勘ですよ。顔を見たら大体わかるじゃないですか」

スマホ越しに『ああ』と唸った。

『嫌なもんだよ。悪いとこばかり目につく。そんで、割と当たるんだよなこれが』

もっと言うなら、千葉は渡辺のことを悪く言い過ぎた。ミスは誰にでもある。嫌いなやつの失敗ならそれを詰《なじ》りたくなる気持ちも少しはわかる。だが、署内に泥棒がいたらやばいという話になっても、被害者の渡辺を「自業自得」とか「そうされても仕方がない」などと言って扱《こ》き下《お》ろしたのはどうにも違和感があった。警察の権威なるものを信奉している千葉ならば「いるわけがない」と強く否定してもよさそうなのに。あれでは単なる陰口だ。千葉自身の評価を下げることにもなりかねない。では、なぜそんな低俗なことを口走ったのか。それは巻矢に疑われていると焦ったからだろう。だから千葉はことさらに渡辺を貶《おとし》めた。盗んだ自分が悪いんじゃない。盗みを働かせた渡辺が悪いんだ、と。今ならわかる。あれはしでかした悪事に対する言い訳だったのだ。

所持品検査をすると脅された千葉はすぐさま渡辺の警察手帳を持って外に出た。巻矢は人香に千葉を見張らせて、そして今、破棄された手帳を拾いに駐車場までやってきたというわけだ。

「ところで、昇降台が倉庫にあると何が違うんですか?」

人香が訊いた。確認してこいと言ったきり理由はまだ説明していなかった。

「女性警官たちと大福が台車を押してロビーに入ってきたんだ。そのとき、台車には昇降台が載っていた。しかし、倉庫から引き上げてきた女性警官たちが押す台車は空だった。昇降台を倉庫に置きっぱなしにしたのだと思った」

「そのとおりでした。でも、それが?」

「つまりだな。それ以前に倉庫には昇降台がなかったってことだ。一時的だったかもしれん。今日かぎりの話かもしれん。だが、昨日の倉庫にも昇降台がなかったとしたら」

小柄な女性警官と同じくらいの背丈の大福では、棚の上のほうの荷物を整理するのは厳しいだろう。

「昨日大福は、一人で倉庫整理をしていたと言った」

「はい。女性警官たちもそう言っていました」

「そして大福はこうも言ったんだ。倉庫のドアを閉めて籠もって作業していたってな。そのために村治さんが移動したかどうかわからなかったと話した。それって逆も言えることなんだ。村治さんに倉庫の中の様子なんてわかりっこないんだ」

「どういうことです？」

人香に理解させるには、人香が不在の間に行われた大福と村治の会話から話さないといけない。

「村治さんは大福にこう言った。『人手が足りないなら手伝うぞ』ってな。昨日は人手が足りなくて大変そうだったって。どうしてそんな言葉が出てくる？　村治さんはずっと仮眠室の前にいたはずなのに」

そもそもあの会話には、二人の間でのみ通じる事柄を確認しあうようなわざとらしさがあった。事情を知らない第三者に悟られないように、具体的な内容を避けるために主語や目的語を省いたりぼかしたりすることがあるが、まさにそんな感じだった。

「村治さんは大福の作業を手伝ったんだ。大福から頼まれてな。村治さんは長身を活《い》かして大福じゃあ届かない上の棚の整理を手伝った。作業量は推測でしかないが一分か二分程度だったんじゃないか」

そんな短時間の間に手帳が盗まれたとするのはさすがに無理がある、と村治は考えた。しかし、もしも千葉が偶々その瞬間に居合わせたのなら話は変わってくる。一分もあれば手帳を盗むことなど造作もないのだから。

大方、こんな感じだろう。――トイレから出た千葉は、大福と村治の会話を聞いた。大福の頼みで倉庫に向かう村治。このとき魔が差した。犯行はあっさり成功。トイレに籠もって時間を潰し、廊下で渡辺に遭遇し『手帳を返せ！』と迫られた。

そして、大福である。あいつは背丈を理由に手伝いを頼んだことを恥じた。村治にこのことは黙っていてほしいとお願いしたのだ。村治は了承し、大福の名誉のために『空白の一分間』をなかったことにした。

「大福君を庇っている、っていうのはそういうことですか。おそらく千葉君のことも――」

「だからって村治さんは一言も嘘は言っていない。ぼかしただけだ」

俺は見ていない――確かに、倉庫にいた村治に仮眠室に出入りした人間の姿は見えなかったはずだ。千葉が怪しいとわかっていたくせに。まったく、情に厚くて困る。

「村治さんは義理堅いひとだし、大福は窃盗事件の可能性を些細《ささい》なことでも握り潰したかった。それが、二人が『空白の一分間』を黙っていた理由だ」

ロビーに戻ると村治が待っていた。

手帳を渡すと、心底安堵した顔をした。

「ありがとよ。おかげで手帳探しをしなくて済む。今日は思い切り仮眠できそうだ」

仮眠に思い切りも何もないと思うが。

目の下にクマを作った村治が、過労で倒れないことを祈るばかりである。

＊　＊　＊

結婚詐欺師の調査が終わり、依頼主への報告も済ませた。娘への説得はお門違いなので遠慮したが、後日両親から電話で「娘が彼氏と別れた」と結果を伝えられた。証拠を並べて真剣に話すと娘はすぐに正気を取り戻したという。

「あなたのおかげです、探偵さん！　本当にありがとうございました！」

依頼をこなしただけですよ、と謙遜して通話を切った。何はともあれ、めでたしめでたしである。

「……」

めでたしなのは依頼主の家族だけの話で、結婚詐欺師はおそらく今後もターゲットを変えては詐欺を繰り返すだろう。やつを捕まえて初めてめでたしと言えるのだが、しかし巻矢個人にそこまでする義理はないし分でもなかった。

探偵の仕事は暴くことだけ。

無責任にも、な。

「巻矢？　元気ありませんね？　良《い》い報告があったのでしょう？」

「まあな。ただ自己嫌悪していただけだ」

「？」

事件の真相を暴くだけ暴いて後のことは知らないとするのは「ひとでなし」の所業のように思えた。どんな事件にも背景や物語がある。そこに至るまでの思いの積み重ねがある。唾棄すべき凶悪犯罪であってもだ。

なのに探偵は、そんなことなど知らぬ顔で通りすがりに謎を解き、中身をぐちゃぐちゃに引っ掻き回して「真相はこれだ！」と突きつけて去っていく。当事者たちの思いに配慮することなく。端から見たらひどい連中だと思う。

とまあ、ことさらに卑下してみたが、それでも巻矢は「探偵」が性に合っていた。あまねく市民に寄り添いながら、被害者にも加害者にも配慮しつつ捜査を行う警察官にはやはり向いていなかったのだ。

やる気だけではどうしようもない。人香が失踪したとき、警察手帳を枷《かせ》のように重たく感じた時点で巻矢にその「適性」はなかったと判明した。

警察手帳は威信と自負の象徴ではあるが、所詮、物でしかない。

一時的に紛失したからといって渡辺の志が削《そ》がれることはなかった。あいつは今日も今日とて元気に調子よく刑事をこなしている。

逆に、渡辺を貶める目的で手帳を利用した千葉のほうがダメージは大きかったようだ。手帳が見つかったと聞いたとき、千葉の顔は青ざめていたと村治は話した。しかし、悪事は発覚することなく日常は過ぎていく。今にも誰かに肩を叩かれるのではないかとびくびくしながらもその平穏さに恐怖するのだ。

まあ、そんなもんだろう……。事件後の成り行きを聞いてもその程度の感想しか湧かない。やはり自分には警察官たる資格はないのだ。

後日、千葉は退職願を提出したという。

幕間　―三月一日―

　死体の見分は重労働である。慎重に繊細に取り扱う必要があることもそうだが、何より精神的負担が大きい。本能的に覚える忌避感を押して死体に触れるのだ。いくら見分に慣れていたとしても、たとえ仕事と割り切っていても、自覚なく精神は磨耗する。それが変死体ともなれば気疲れの度合いは段違いであり、その上損壊していたらさすがに巻矢でもお手上げだった。

　比較的状態が綺麗《きれい》だったことが不幸中の幸いと言えた。とはいえ、一通り見分し終えるとどっと肩が重くなった。緊張で体中が強張《こわば》っていたらしい。肩を回して解きほぐしながら続き間を出る。

　革手袋を外し、窓を開けて煙草に火をつける。紫煙をふうと吐き出した。

「お疲れさまです。コーヒーをどうぞ」

これ見よがしにポケットから缶コーヒーを取り出す人香。ブラック無糖。事務所に箱で常備しているお馴染《なじ》みの銘柄だ。幽霊が実物を持っているはずもなく。

「そりゃ俺のだし、差し出されたところで受け取れねーっての」

本物の缶コーヒーは巻矢のコートのポケットに入っている。

人香はお供えされた物なら（お供えされていなくても勝手に供物にして）飲食を楽しむことができるのだが、その際、巻矢の目にはどういうわけか人香の飲食シーンが実像となって映ってしまう。そのため、巻矢の食事を勝手に食われたときなどは「お下がり」という名の食べ残しを寄越された気分になる。

「あ」

目の前で人香が缶コーヒーを飲み始めた。不満げに眉をひそめて、

「うーん、どうにも口に合いませんね。泥水を啜《すす》っているみたいです。巻矢が淹《い》れてくれるコーヒーが一番私の好みなのですが」

「って、思ったそばから！　何勝手に飲んでんだ⁉」

「いいではないですか。減る物じゃなし」

「俺の飲む気が失《う》せたわ！」

ポケットの中で缶コーヒーを握る。確かにこの中身が減ることはないが、今まさに人香に飲まれているものと同一なのだと思うとプルトップを開ける気すらも地平線の彼方《かなた》に消え失せた。

「供物漁りならせめてあっちにある水と菓子パンでしろ！　毒味も兼ねて！」

室内は寒く乾燥もしているので賞味期限が切れてもさほど傷んでいるとは思わないが、いよいよとなったら口に入れることも考えないといけない。品質を確かめるには人香に食べてもらうのが一番手っ取り早い。

しかし、人香は困惑するように苦笑いを浮かべた。

「いくら私でも怪しい物を口に入れるのは抵抗があります」

「幽霊のくせに。実際に食うわけじゃないだろう」

「関係ありませんよ。気持ちの問題ですから。こう見えて食にはこだわるタイプですよ、私は」

何言ってんだこいつ。散々好き勝手に巻矢の食事を供物にしてきたくせに調子のいいことを。こういうときこそ幽霊体質を活用しなくてどうするのだ。

「それで、ご遺体から何かわかりましたか？」

人香は不味《まず》いと言いつつ缶コーヒーを飲むのを止めない。

巻矢も煙草を深く吸い込んだ。

「頭部にかなり深い裂傷があった。床にも大量の血痕が確認できたし、逆に頭を打ちつけた壁や鈍器のような物は見当たらなかった」

「ということは、殺人ですか？」

「自ら頭をかち割って廃ビルの四階まで上ってくるような自殺は聞いたことがないな。事故の線は完全には消せないが」

たとえば、どこぞで負傷し寝床にしているこの部屋で息絶えた——とか。そういう可能性もまったくないとは言えないが……。しかし、自殺や事故を前提にして考えると、その条件に見合う仮定と部屋の状況が一致しない。

「殺人と考えるのが自然だろうな。男はこの部屋に閉じ込められて何者かによって撲殺された。床に飛び散った血痕の量から見ても殺害現場はあの続き間だ」

「ご遺体の身許《みもと》は」

「わからない。ポケットに本人を特定できそうな物は何も入っていなかった。でもあの顔、どこかで見たことある気がするんだよな。どこだったかな」

額を指でコツコツ叩く。見分していたときからずっと引っ掛かっていた。

「あのような壮絶な死相から生前の顔を思い出すのは難しいのではないですか？」

他人の空似ではないかという指摘である。確かに、感情的になった表情と証明写真のような素顔とでは差がありすぎて同一人物に見えない場合が多い。警察官時代にも、目撃者に容疑者の証明写真を見せたとき犯行当時の凶悪顔と一致せず、なかなか確証を得られなくてヤキモキした経験がある。

「いや、もっとこう、本人にしかない特徴みたいなのがあるんだ。耳の形とか歯並びとかそういうのだ。けど、それが何なのか思い出せない。見覚えがあるはずなのに、どの部位に見覚えがあるのかがわからない」

「巻矢にわからないんじゃお手上げですね」

結局、現状を把握するための材料は得られなかった。いや、得ているのかもしれないが、推理するこちら側がヒントをヒントとして認識できていない可能性もある。

仕方がない。人香には巻矢の死角を常に見張らせていたが、こんなに何事も起きなければしばらく離れていても問題ないだろう。

「次郎丸を探しに行ってきてくれないか？　ビルの周辺だけでいい」

「今さらだと思いますけどね」

「そうだな。俺の判断ミスだ。だが、閉じ込めたまま何もなしってことはないだろうから、案外近くで見張っているかもしれん」

「わかりました。なるべく早く戻ってきます」

地面から足が離れると、スーッと壁の向こうに吸い込まれていった。

人香が戻ってくるまで小休止だ。短くなった煙草を携帯灰皿で押し消して、二本目に火をつける。少しの間でいい。頭を空にしよう。思えば、この数日まともに寝ていなかったのだ。寝ようとした矢先に次郎丸がやってきて、こんな事態になっている。いい加減、働きすぎだ。

頭を回しているようで回っていないのではないか。そんな気がする。

「チョココロネか……」

レジ袋からこぼれ出た菓子パンが目についた。チョコレートには疲労回復の即効性があると聞いたことがある。試そうかどうか一瞬だけ思案した。

第二話　チョコケーキと着ぐるみ　―二月十四日―

月に一度、警察の独身寮から歩いて十分ほどの場所にある大型書店『ひがさ書店』に行っている。それは警察学校時代からの癖というか慣わしというか。単純に、近隣の市町村にある書店の中で一番書籍の品揃えがいいので、買い物するならここと決めていた。月刊誌や贔屓《ひいき》の作家の新刊本が出ていればそのときまとめて買うようにしている。

月に一度なのは独身寮に近寄りたくないからだ。独身寮の前の通りは広々としていて見晴らしがよく人通りはそんなに多くない。そのためか、遠くからでも歩いていれば誰かわかる。そしてなぜか三回に一回の割合で顔見知りに遭遇してしまう。巻矢も相手も一瞬固まり、会釈をしようとして躊躇しへんてこな形で頷きあって、そのまま顔を俯《うつむ》けてすれ違うのだ。あんな気まずい思いをするのは二度と御免だ。

人香がいるときは特にだ。毎度、独身寮の前に差し掛かるたびに思い出話を開始する。

「いやあ、懐かしいですね。昔、同室だった勢多《せた》君。元気でしょうか。お料理が得意な下村《しもむら》さんはまだ後輩たちにご飯を振る舞っているのでしょうかね」

「何度も言わすな。どっちも結婚してとっくに寮を出ている」

人香が行方不明になったこの二年の間に。もちろん、巻矢も。

「ああ、そうでしたね……。いえ、結婚されたのならよかったです。一言お祝いしたかったですが」

寂しげな呟きに、巻矢もつい昔を思い出してしまう。

独身寮は警察学校卒業後に押し込まれる監獄のような場所だった。全体的にオンボロ。風呂とトイレは共用。新人は同室が当たり前。最低最悪な環境だった。しかし、その分家賃が格安なので貯金はできるし、共同生活が気にならない少数派にとっては慣れれば住みやすい環境でもあった。楽しかった。

ちなみに、女子寮は同じ敷地《しきち》内にある。こっちは男子寮に比べて比較的新しく建てられた上に数年前にリフォームしたばかり。家賃が安い上に職場も近いので、男子寮に比べると出て行く女性警察官は少ないらしい。若葉もここに住んでいる。

「住まいに歴史あり、ですね」

「住まいといえば、篠田《しのだ》課長の話したっけ？」

数年前まで人香が勤務していた交番にいた上司のことである。今では警部に昇任し、警察署の地域課フロアでデスクワークに勤《いそ》しむ毎日。

「篠田さんですか？　何でしょう？　何かありましたか？」

「つい最近、大福から聞いた話だ。篠田課長、警察署の近くにマイホーム持ってただろ。隣の土地も購入して増築したらしいぞ。息子夫婦を住まわしているんだってな。どんだけ蓄えがあったんだか。やっぱり警部にもなると貰《もら》う給与も違ってくるんだろうな」

人香が急に立ち止まった。呆《ほう》けた顔でじっと巻矢を見つめている。

「どうした？」

「あ、いえ。……わかりません。何に驚いたのでしょう、私」

恥ずかしそうに苦笑した。

「さっさと行くぞ。おまえが一緒だとここ通るたびに立ち止まるから嫌なんだ」

知り合いには会いたくない。急かして再び歩きだす。

ひがさ書店に到着したとき、午前十時を少し過ぎていた。開店間もない店内に人気《ひとけ》はない。予め当たりを付けていたコーナーに赴き、目当ての本を物色する。最近観《み》た社会派ドラマが面白かったので原作本が読みたくなったのだ。上下巻ともに分厚くて読み出がありそうだ。次に雑誌コーナー。ここでは最新の家電や日用品などを取り上げた雑誌を数冊選ぶ。こういった本には自分から検索しない情報が載っていることが多く、偶《たま》に仕事に役立ちそうなアイテムを発掘することがあり重宝している。ながら見するのにも適しているので半分は趣味だ。あとは……。

「巻矢、これ見てください」

人香が楽しげに指差すのは三流ゴシップ雑誌だった。政治家の不祥事に始まり世間を賑わせた凶悪事件の裏取り記事、芸能人の不倫報道に熱愛報道、加えて裏社会の相互関係徹底解剖に至るまで、無節操とはこういうことだと言わんばかりのバラエティに富んだ見出しが並ぶ。中でも赤字ででかでかと書かれた『着ぐるみホールケーキ事件』が最も目を引いた。人香が指差しているのもその見出しだった。

「知ってますか？ 連日お昼のワイドショーを賑わせているんですよ、この事件」

ワイドショーは知らないが事件そのものはネット記事で見たので知っている。おそらく、近頃では世間で一番話題に上っているニュースであろう。

何でもウサギだかカエルだかの着ぐるみを着た人間が、薄闇に染まった夕暮れ時に現れて道行く人にホールケーキが入った箱を渡して去っていくという事件が多発しているのだとか。それも全国的に。一部の変質者の仕業か、ネット上の呼びかけに応じた有志によるイタズラか。某有名洋菓子チェーン店の悪趣味な宣伝という可能性も否めず、企業をも巻き込んだ情報戦がネット上で今なお繰り広げられている。

それにしても、

「ワイドショーなんて観てんのか？ テレビ点《つ》けられないのにどうやって？」

「実は、管理人さんが観ているのを後ろからこっそりと。いえ、そんなことはどうでもいいんです。この事件、なかなか興味深いと思いませんか？　管理人さんが面白いことを呟いていました。政府に都合が悪い報道をかき消すためにこういった珍事が定期的に仕組まれるのだと。そんな噂がネットを中心にまことしやかに囁《ささや》かれているとかいないとか」

「完全に陰謀論だな。そんな都合のいいもんがあるならこれまでも政権が倒れているわけがない。管理人のおばちゃんには今度ネットリテラシーについて教えてやったほうがいいかもしれん」

「巻矢はどう思いますか？　この事件」

「気味悪いってトコ以外誰も被害に遭ってないからな、単なる愉快犯だろう」

「面白くない解答ですね」

ほっとけ。世の中大抵そんなもんだ。

間違っても陰謀などではない。それだけは自信を持って言えた。

＊　　＊　　＊

翌日。日付は二月十四日。俗に言うバレンタインデーである。日曜日ということもあって朝の情報番組ではカップルにお出掛けを促すイベント情報を垂れ流していた。

巻矢はと言うと、早朝に起き出して昨日購入した小説の続きを読み始めた。面白すぎてページをめくる手が止まらない。上巻をあっという間に読破して今は下巻の中盤だ。複雑に交錯した人間模様がうねりを上げて物語を予想外の方向に展開していく。いい加減朝食を取りたいのに中断するタイミングが摑めない。あと少し。もっとやれ。そんな具合で空《す》きっ腹《ぱら》でも気にならなかった。

仕事はしない。日曜日だから。探偵に曜日など関係ないが、本日は開店休業である。抱えている案件はあったが特に急いでいるわけではなかったし、新規の依頼人が来ないかぎり小説の世界に没頭すると決めていた。

だというのに、こういうときにかぎって招かれざる客というのは現れる。依頼人なら金になるのでむしろ来てほしいところだが、やってきたのは単なる知人。それも厄介事を引き連れてきた疫病神のような女であった。

「げっ」

チャイムが鳴り玄関を開けて出てみれば、外にいたのは寺脇若葉だった。

若葉は嫌悪感を露《あら》わにして言った。

「何よ。嫌なの？　あたしが来ちゃ」

「そりゃなあ……。おまえが逆の立場なら喜んで上げてくれんのか？」

「はあ？　馬鹿じゃないの？」

訪ねてきておいてこの言い草である。こいつ、一度くらい本気で殴ってやろうか。

「どいて」

横暴もここまで来るといっそ清々《すがすが》しい。許可する前に巻矢を押し退けて玄関を通過する。背後にひとを一人従えて、遠慮なるものを欠落させたかのような振る舞いでリビングに入り、勝手に冷蔵庫を漁り、「何でウーロン茶も牛乳もないのよ！　あたしたちに何を飲めって言うの！」と勝手なことまでのたまった。

「何しに来たのか知らんが、もう帰ってくれ」

心からの嘆願であった。が、無視された。若葉は不機嫌そうにソファにどっかと座り、真横に従者をちょこんと座らせた。……帰る気はない、と。

「若ちゃんのこういう態度は巻矢の前でしか見せませんからね。新鮮で楽しいです」

声を弾ませる人香。そりゃ、生前の恋人が訪ねてきたらテンションも上がるだろう。

だが、対応するのは巻矢であり、理不尽な要求を押し付けられるのも巻矢なのである。惚気《のろけ》られてもむかつくだけだった。

時刻は九時を回ったばかりだ。早朝とは言わないまでも比較的早い時間である。しかも日曜日。連絡もなしに押しかけてくるには少々非常識ではなかろうか――と、文句を言いたいところをぐっと堪《こら》えた。どうせ言っても聞かないし、言ったところで文句の数が二倍三倍になって返ってくるのがオチである。

ひとまず正面に腰を落ち着けた。若葉と小さな客人、テーブルに置かれた意味深な物体。それらを順に眺め、思ったことを口にした。

「おまえが事務所の場所を知っていたとはな」

隙あらばさっさと廃業しろと言ってくるくせに。嫌みを含ませてそう言うと、若葉はくわっと目を見開き、悔しそうにそっぽを向いた。

「何よ。あたしが知ってたら悪いっていうの？」

「悪かねえよ。だが、意外だった。おまえがこうして訪ねてくるなんて想像もしていなかったからな」

「そうね。あたしもできれば来たくなかったわ」

事務所の住所を知っているのは大福だけだ。大福には後でじっくり問い詰めるとして、若葉の相変わらずのひねくれっぷりに嘆息する。

「で、そっちのお嬢さんは誰だ？」

小学生くらいの女の子が恐縮して身を竦ませている。長い髪を二つに結び、眼鏡を掛けて利発そうな顔をしている。視線はきょろきょろ動くのに巻矢とは一向に目を合わせようとしない。

「この娘は菅野《すがの》湊《みなと》ちゃん。あんまり見ないでよ。怯えるじゃない」

そうか。怯えているから目を合わせてくれなかったのか。今さら気づいたが、湊は若葉の服の裾をこっそり摘んでいる。巻矢が無理やり連れてきたのならわかるが、何もしていないうちからこうまで恐がられると正直悲しかった。

はあ、と溜め息を一つ。最後にテーブルの上の物体に視線を向けた。

「それで、この箱は何だ？　見たところ、ケーキの箱みたいだが」

まさしく、上部に取っ手が折り畳まれたホールケーキ用の箱である。玄関を開けたときからずっと若葉が大事そうに抱えていた。それが今テーブルの上に、巻矢のほうに正面を向けて置かれている。若葉がわざわざ手土産を用意したとは考えにくい。しかし、今日はバレンタインデー。

かすかにチョコレートの匂いがした。

「まさか、俺にチョコレートを届けにきたとか言うんじゃ……」

「冗談やめてよね。あんたにチョコ渡すなんてぞっとするわ」

まあそうだよな。

「冗談……ぞっとする……ブラックジョークですね！　チョコだけに！」

背後で人香が何か言っているが、全力で無視した。

「渡されたんです。さっき」

そのとき、湊がおずおずと口を開いた。躊躇《ためら》いがちなのに意外と大きく通った声だったので驚いた。

「渡された？　どういうことだ？」

湊は一度若葉を見上げ、若葉が頷くと、自分の口からきちんと説明した。

巻矢を正面から見据えて。

「一人で道を歩いていたら、突然、犬の着ぐるみを着たひとがこのチョコケーキを渡してきたんです」

＊

わたし、最近出た漫画が欲しくて本屋さんに行こうとしたんです。そうです。『ひがさ書店』です。あそこだと新刊本がきちんと入荷されるので。

お家《うち》から歩いてきて、大きな道路の途中で声を掛けられました。

え？　独身寮？　ちょっとよくわかんないですけど。あ、そうです。郵便局の向かいにコンビニがあるあの通りです。

振り返ったら、犬の着ぐるみが立っていました。このケーキの箱を手に持っていて、それを「はい」って言って渡してきたんです。

え？　掛けられた言葉ですか？　えっと、確か……「あのう」とか「ちょっと」とか、そういう感じだったと思います。

え？　あ、はい。えっと、……男のひとの声でした。たぶんですけど。着ぐるみ被《かぶ》ってってよくわかんなかったけど。たぶん男のひとでした。

着ぐるみの色？　色は……白、だったかな？

犬の種類？　ええっと、ええっと。犬、犬……。あっ、そうだ！　夢の国のペットの犬にそっくりでした！　あの耳が垂れてて、みんなも動物なのになぜかその子だけ喋れないの！　わたしは詳しくないけど、あのキャラクターが大好きな子がうちのクラスにいて、それで前にぬいぐるみを見せてもらったことがあってそれで覚えてて！

……あ、はい。続き話します。

ぐいって箱を押し付けられたんです。相手が箱から手を放そうとしたから慌てて受け取っちゃいました。わけがわかんなくなって、だからすぐに返そうと思って突き返したんですけど、犬さんはムリムリって感じで両手を振って受け取ってくれませんでした。

そしたら、犬さんは走って逃げていきました。角を曲がって姿が見えなくなって。わたし足遅いし、犬さんは足速かったし、走っても絶対追いつけないって思ったんです。それにこの箱も抱えていたし。わたし、どうしたらいいかわからなくてじっとしてたんです。

え？　角を曲がった後ですか？　知らないです。わたし、一歩も動けなかったし。犬さんがいなくなって、周りに誰もいなくって。何だか恐くなりました。でも、この箱を放したらもっと悪いことが起きるような気がして。お家にも持って帰っちゃいけない気がするし。何もできずにその場に立っていました。

え？　うーんと、五分くらい……かな？　ちょっとよくわかんないです。

そしたら、寺脇さんが声を掛けてくれたんです。「大丈夫？」って訊いてくれて、警察官だって教えてくれました。

それで事情を話したら、ここに連れてきてくれたんです。

小学生らしいたどたどしい説明によって、合間合間に質問を被せては若葉に睨まれながらも、なんとか経緯は把握した。

＊

「これってもしや！」

隣で人香が嬉しそうに声を張り上げた。巻矢もケーキの箱を見た時点でもしやと思っていたが、まんま世間を賑わせている『着ぐるみホールケーキ事件』だったとは。まさかこんな片田舎でも発生するとは世も末。いや、片田舎だからこそ警戒されることなく犯行に及べたとも言えるのか。何にせよ迷惑な話だ。午後にはこの町にもテレビ局が押し寄せるかもしれん、騒がしいのは嫌だな、とそんなことを憂えた。

とりあえず、湊に正直な感想を口にした。

「面倒なことに巻き込まれて気の毒だったな」

「あ、いえ」

湊は困ったように首を横に振った。怒ればいいのか。悲しめばいいのか。実害がないためにどういう反応をすればいいのかわからない、といった感じだろう。その困惑込みでお気の毒様である。

「まあ、後のことはそこのお姉ちゃんに任せておけ。恐い思いもしたかもしれんが、それも考え方次第だ。話のネタが一つできたと思えばいい。明日学校で自慢してみろよ。きっとクラスの人気者になれるぞ」

ポジティブに捉えろと力説する。小学生を慰めたことなんてなかったが、これでも元は警察官の端くれ。将来有望な子供に心の傷が残らぬようしっかりと心のケアに努めたつもりだった。

「ケン」

「何だ？」

湊から若葉に視線を戻すと、しかめ面で睨まれていた。

「あんた、さっきから何他人事《ひとごと》みたいに言ってんの？」

「は？」

「あんたのせいでこうなってんのよ。でなければ、何のためにこうして事務所くんだりまで来たと思ってるわけ？」

言い方にカチンとくるものの、確かに、どうして巻矢に今の話をしたのだろう、と今さらながら考える。若葉が女子小学生の心のケアを巻矢に頼みにくるなんて天地がひっくり返ってもありえないし、自分でも最も避けたい人選だと思う。

「あんた、偶に抜けてるわよね」

「悪かったな。完全にオフモードだったんだ。いちいち深読みしねえよ」

誤魔化すようにテーブルの端に置いていた煙草の箱に手を伸ばすも、「子供の前で吸わないでよ」と怒られた。大人しく手を引っ込めた。

「俺のせいってのはどういう意味なんだ？」

「言葉どおりよ。着ぐるみの犯人の本当の標的はあんただったってこと」

全然ピンとこない。標的？　何のことだ？　穏やかでない単語に思わず首をかしげる。ホールケーキを無作為に渡し歩く変質者に心当たりはないし、当然恨まれる覚えもない。

というか、若葉は何をもって巻矢が標的だと断言するのか。

「湊ちゃんの話に少しだけ補足するわ。あたし、いつもどおり出勤して、寮を出てすぐに歩道で立ち竦んでいる湊ちゃんを発見したの。こんな小さな子がケーキの箱を持って突っ立っていれば何かと思うじゃない？　で、声を掛けたらさっきの話を聞かされた」

刑事課に所属する若葉もまた日曜日だからといって休みになるわけではない。警察署は寮の近くにあり、朝礼の時間ギリギリに出ても十分間に合う。

「あたしは急いで湊ちゃんから箱を取り上げた。ケーキの箱といったって中身がケーキとは限らないじゃない？　爆発物かもしれない。だから、もし爆発してもひとに被害が出なくて済みそうな場所に移動しようと考えたの」

「おい」

思わず話の腰を折る。爆発物かもしれないからと危ぶんで選んだ移動先がまさかうちじゃないだろうな？

「そんなんじゃないわよ。見くびらないで」

若葉は唇を尖《とが》らせて不満げに言った。……信じていいのだろうか。

「箱を取り上げたときにね、箱の上部に紙がテープで貼り付けられているのに気づいたの。これよ」

スッと差し出してきたのは、どこにでもありそうな小さなメモ用紙。二つ折りになったそれを開くと、

『警察の皆さんへ。巻矢健太郎には関わるな。さもなくば』

と、サインペンの手書きで書かれてあった。

「何だこりゃ」

脅迫文。しかし、乱暴に切り取られたメモ用紙といい書き殴ったような筆跡といい、ずいぶんと雑な印象がある。

若葉の目が据わった。足を組み直して、人さし指を向けてきた。

「犯人の狙いはあんたよ、ケン」

＊

「無作為にケーキを配る着ぐるみってことだけど、今回はたぶん作為的だった。場所が警察寮の前で、メモにはあんたの名前。知り合いに引っ掛かることを見越していたのよ。もしかしたら、世間を賑わせている事件とはまるで無関係の、本物に乗っかっただけの模倣犯かもね」

「なるほどな」

だが、本物の警察官にケーキの箱を差し出せば現行犯逮捕かよくて職務質問されるだけ。そこで、まったく無関係だとわかる小学生に押し付けたわけだ。それにしても、

「ひどい計画だな。着ぐるみで寮の近辺を徘徊するとかどんな神経してんだ、そいつ」

湊がいなかったらどうするつもりだったのか。仮に、偶々見掛けた子供の後をつけてタイミングを見計らっていたのだとしても、湊が騒いだりそのとき寮からひとが出てきたりしていたらその場で御用となっただろう。確実性がなさすぎる。杜撰《ずさん》にも程がある。

若葉が同意して頷いた。

「サインペンで走り書き、セロハンテープで留めただけの脅迫文。こういうところにも犯人の性格が顕《あらわ》れているわね。思いつきで行動する短絡さ。何が目的かわからないけど、直情径行の気がありそうね」

こうまで計画犯罪に向かないやつも珍しい。フリだとしたら大したものだが、実際に実行しているのでこのプロファイリングもそれほど外れていないだろう。

「ないとは思ったけど、ケンのところに行っているかもって。その可能性もあったから、まあ、来てみたんだけど」

「？」

ごにょごにょと急に歯切れ悪く語尾を濁す若葉。訝《いぶか》しげにしていると、背後で人香が笑う気配がした。若葉たちに聞かれる心配がないのにあえて耳打ちしてきた。

「巻矢が心配で来たんですよ。犯人に襲われているんじゃないかって」

警察との分断を図った後に標的を直接襲いにいく——。確かに、若葉の言うとおりの犯人像ならそういう短絡的な行動に出ていてもおかしくない。

「可愛《かわい》いですよね。そんな素振り見せたくないからって怒ったふりまでして」

はあ。つまり、これまでの横柄な態度もふて腐れた顔も全部照れ隠しだった、と。

こいつもこいつで難儀な性格をしている。

しかしまあ、その心配は本物だったに違いない。素直に感謝を口にする。

「ありがとよ」

「は？　何よ突然。気持ち悪いわね」

口の悪さも照れ隠しとして受け流す。昔からずっとこうだった気もするが、今だけは寛容になってやろうと思った。……でないと、やっぱり殴りたくなってくる。

「で、あんた、こんなことされて心当たりはあるわけ？」

「因果な商売だからな。あちこちで逆恨みされているだろうけど、そうだな」

直近に心当たりがある。ある調査で再開発反対運動をしている団体に接触した。そこには暴力団組員が、再開発を推進している開発組合との対立を煽る目的で潜伏しており、反対派の人間がそのことをどれほど認識しているか聞いて回ったのだ。当然歓迎されなかったが。

「ずいぶん危ない橋渡っているのね。あの団体、恫喝行為で有名よ？」

若葉が呆れたように言う。

「でも、まだ嫌がらせといえばこの脅迫文くらいしか受けていない。しかも、これも団体によるものと決まったわけじゃないしな」

犯人の特定は今の段階では難しそうだ。

改めて脅迫文が書かれたメモを見る。

「若葉。この文面を見た率直な感想はどうだった？」

「……ケンのやつ、また誰かから恨みを買っているみたいね。どこでくたばっていても構わないけど、こっちの仕事を増やすくらいなら大人しくしていてほしいわ」

「口は悪いが、まあそういう感じだよな。関われば事件を起こすって言っているようなもんだ。警察に圧力を掛けている」

「舐められたものね」

「だが、警察は事件を起こされちゃ堪《たま》らない。いや、警察が関わったせいで事件が起きるのだけは何としても避けたいと考える。書かれた名前が一般人のものだったなら話は別だろうけど、絡んでいるのは元刑事。しかも俺」

いい印象がない上に今や部外者。まだ何事も起きていないのに警護はできないし、そんな人的余裕もない。また、『着ぐるみホールケーキ事件』を模していることがより強力な脅しになっていた。今回は握り潰せてもまた同じことをしでかされる恐れがあり、こんな美味《おい》しいネタを週刊誌が放っておくわけがない。

そして、そうなって一番困るのは古巣の警察署である。

結果、警察はこんな挑発には乗らない。

「つまり……、この文面どおり『関わらない』方針を採るってこと？」

「警察全体というよりはおまえや大福みたいにいまだに付き合いがあるやつに向かって『控えろ』と注意する程度だと思うが。そして、俺に対しても。しばらく大人しくしていろとか言うんじゃないか。奇《く》しくもおまえが言ったとおりにな」

犯人がここまで計算していたかどうか疑わしいが、警察との分断を目的にしたのは間違いない。そして間接的に巻矢の行動を制限しようとしている。……。

「なんだかおかしいわね」

「ああ、まったく腑《ふ》に落ちない」

若葉と顔を見合わせて難しい顔になる。

巻矢が元刑事だと知っての工作だろうが、今の巻矢と警察の距離感でなければそもそも成り立たないはずだ。確実性云々を言い出すならまずここが一番腑に落ちない。どうして巻矢本人にではなく警察を脅迫するという遠回しなやり方をするのか。

「これ、嫌がらせの主軸は俺じゃなくて警察のほうにあるんじゃないか？」

文面を素直に読み解けばそうなる。巻矢も若葉も、個人名が書かれていたからその人物への当てこすりだろうと決めて掛かっていた。

「そうね。そんな気がしてきた。でも、あんた絡みなのも間違いないでしょ。あたしたちとケンが関わっているのが面白くない人物による犯行。……知り合いかもしれないわね」

現状から推測できるのはこれくらいだろう。

それ以上知りたければもっと踏み込む必要がある。

「一つ訊き忘れていたんだが、おまえ、どこの小学校だ？　何年生？」

それまで蚊帳の外にいてテレビをじっと眺めていた湊がびくっと肩を震わせた。

「え、と……、わたしですか？」

「この場で小学校に通っていそうなのはおまえだけだ」

「ねえ！　何だってそういう訊き方しかできないわけ⁉　子供相手にみっともな

い！」

ぐ。みっともないか……。子供とどう話せばいいのかわからなくて、つい大人にするようなキツイ言い方をしてしまう。みっともないという自覚はあったので若葉の言葉はぐさりと胸に突き刺さった。

「確か、日中南《ひなかみなみ》小学校だったわよね？　そこの五年生よ。ね？」

すでに聴取済みだったらしく若葉が答えた。湊はそれに素直に頷いた。

日中南か。あの校区から独身寮までかなり距離はあるが、子供の足でも歩いていけないことはない。何より周辺地域の中で最も大きな書店を目指すのだ、それ目当ての遠出なら遠足気分で楽しかろう。

「……」

「それがどうかしたの？」

「ちょっとな。ところで、このケーキの箱、もう開けたのか？」

「開けてないわ。爆発物かもしれないってさっき言ったでしょ。でも、……持った感じ爆弾じゃない。普通にホールケーキが入っていると思う」

「火薬を仕込んだケーキってのをバラエティ番組かなんかで観たことあるぞ」

だが、若葉の言うとおり、これが爆発物である可能性は極めて低いと思う。開けたらドカン、なんてことになれば警察は捜査に乗り出さざるを得なくなり、脅迫も分断も意味がなくなってしまうからだ。この箱を警察官に回収させた時点で犯人の思惑が達成されていなければ筋が通らない。

「とはいえ、開けずにおくわけにもいかないよな。中に別のメッセージカードが入っているかもしれんし。よし。すぐに調べてくるからちょっと待ってろ」

箱を持って立ち上がると、若葉も慌てて腰を浮かした。

「危ないわよ！　どうやって調べる気⁉」

「どうやって、って」

開けたらドカンはない……かもしれない。そんな憶測だけで密閉された箱を開けるのは危険極まりない。そんなことはわかっている。が、巻矢には確実で安全に調べられる方法が一つだけあるのだ。しかし、その内容を口にするのは憚《はばか》られた。「ちょっとコンビニまで」というような気軽さで言うようなことではなかったと後悔した。

「あー……、探偵には秘密道具ってのがあってだな」

「何よそれ」

付いてこようとする若葉にストップを掛ける。

「おっと、おまえはここにいろ。企業秘密だから覗くなよ」

若葉は不服そうにしていたが大人しくリビングに残ってくれた。自分に言い聞かせるように、署に連絡しないと、と呟いた。朝礼前に湊に遭遇してそのまま事務所に来たと言っていたから報告も兼ねてだろう。

箱を持って廊下に出る。そのまま寝室に移動し、ドアに鍵を掛けた。

人香がドアをすり抜けて入ってきた。

「秘密道具なんてものがあったのですか⁉」

キラキラと目を輝かせる。少年心が疼《うず》いて仕方がないという顔をするが……。

なあ、人香よ。これまで俺が一度でも秘密道具なんてものの存在を匂わせたことがあったか？　おまえまで騙されるなよ。

「して、それはどんな⁉」

巻矢は人香のほうを見ずに「おまえのことだよ」とつれなく言うと、机にケーキの箱をそっと置いた。

＊

結果はシロ。爆発物はおろか異物も薬物も混入されていなかった。

目の前ではホールケーキにフォークを突き刺して嬉しそうに口に運ぶ人香の実像が見えていた。中身を箱から取り出すことなく人香の供物にしたのである。

「いやあ、頭を使った後の甘味は格別ですね。結構上質ですよ、このケーキ」

「なんだ。ずっと黙っていたから寝てたかと思ってた」

人香はむっと眉根を寄せた。

「そりゃあ私だっていろいろおかしいことに気づいていましたよ」

フォークで掬《すく》い取《と》ったケーキを眼前に突きつけてきた。

「ほらこれ！　チョコケーキです！　どうして湊ちゃんは開けてもいない箱の中身を言い当てることができたのでしょうか？」

湊が経緯を話す直前にそれを口にしたことには、一応巻矢も気づいていた。湊は、箱を手渡されてボーっと佇《たたず》んでいるうちに若葉に声を掛けられたと話を結んだ。てっきり中身を確認する件がいつか登場するだろうと思っていたから若干肩透かしを食らったのだ。

「まあ、今日はバレンタインデーだし、かすかにチョコの匂いが漂っていたからな、チョコケーキだろうと思い込んでしまっても無理はない。それだけでおかしいと決め付けるのは乱暴じゃないか？」

「いえいえ、湊ちゃんの説明にはあやふやな部分が多かったです」

「それも。怪しい着ぐるみに怪しい箱を押し付けられたんだ。んなことが起きたら誰だってパニックになるだろ。記憶があやふやになってもおかしくないさ」

「むー。巻矢は湊ちゃんの言動が不自然だって思わないんですか？」

思っているに決まっている。だが、疑い始めたのは通っている小学校が日中南だと判明してからだ。あまり大きな顔はできない。

人香はひとの内面を見抜くのが得意だが、それは先に答えが閃《ひらめ》くのに似ていた。怪しいことはわかるが何が怪しいかわからない。そんな具合なので見当違いなことでも推理の対象にしてしまう。探偵向きではない。とことん警察官向きだった。

人香は唇を尖らせたまま押し黙った。なんだ。もうおしまいか。ほかにも結構わかりやすい矛盾があったんだが。まあ、湊が怪しいことに気づいていたってだけでも元警官の面目躍如としておこう。

箱は開けずにおく。一応、物証として警察には引き取ってもらう。

「中身はケーキだけか？」

「はい。メッセージカードも、文字が書かれた板チョコもありませんでした」

コンコン、とドアがノックされる。開けると若葉が隙間から顔を覗かせた。

「終わった？」

「ああ。ケーキ以外何も入っていなかった」

予想していたのだろう、「あっそう」と何の感情もなく呟いた。

そして、疑わしい目つきで見つめてきて「誰と電話してたの？」と訊いた。人香の声が聞こえない若葉は、巻矢の話し声を電話だと勘違いしたようだ。

「独り言だよ。考えるときの癖なんだ」

「そんな癖あったっけ？　まあいいわ。あたし、これから署に戻るから。課長にさっさと出て来いって怒鳴られちゃった。ケーキ、回収するわね」

箱を手渡すと、巻矢の顔をじっと見た。

「で、あんたも出頭しろって課長が。話を聞きたいってさ」

それは……仕方ないか。脅迫文に名前がある以上聴取しないわけにもいくまい。

「課長には会いたくねえなあ」

「課長はまんざらでもない様子だったわよ。あんた気に入られていたもんね」

いじめ甲斐《がい》ありそうだし、とは一言多い。

「そうだ。署に行くなら湊の保護者にも連絡しとけよ。湊も連れていくんだろ？」

若葉がむすっとした顔になる。

「もうしたわよ。当たり前でしょ。三十分後にはいらっしゃるって。待たせるわけにいかないし、タクシーも呼んであるから急いで出るわよ」

玄関に向かう若葉に言う。

「先に行っててくれ。俺と湊は後から行くから」

「はあ？」

若葉が素っ頓狂な声を上げて振り返った。急ぐ気がない素振りを見せると、若葉は観念して溜め息を吐いた。さすがは従妹で幼馴染《おさななじ》み。巻矢の考えにすぐに思い至ってくれたようだ。

「……別に、人前で吊《つ》るし上《あ》げるつもりはなかったけど」

「おまえもいていいんだぞ？」

「いいわ。あんたに任せる。恐いおじさんに叱られたほうが子供には効果的でしょうし」

誰がおじさんだ。せめてお兄さんと呼べ。

「先に行ってる。一分一秒待たせるごとに課長の怒りのボルテージは上がるんだもの。あたし、怒られたくないし。あんたがその分引き受けてよね」

そう言い捨てると玄関を出て行った。

若葉とのやり取りをリビングから顔だけ覗かせて聞いていた湊は、不思議そうに巻矢を振り返った。にっと笑いかける。

「ってことで、湊はこれから俺と一緒に警察署までお散歩だ。……そんな嫌そうな顔すんなよ」

心底嫌そうな顔をしてくれたが、拒否できないことを悟ったのか渋々頷いた。

＊

巻矢は子供が苦手だった。大人になってからではない。子供の時分から同年代やそれ以下の子供の扱いに困っていた。早いうちに精神が成熟したせいでもあるが、その原因の大元は従妹の若葉だった。何かにつけて張り合ってくる若葉をいなすうちに「子供は面倒くさいもの」という認識が刷り込まれ、相対的に巻矢の精神年齢は高くなっていった。

子供の相手は難しい。どうしたら大人しく引き下がってくれるのか。どこまでワガママに付き合えば気は済んでくれるのか。悪口を言われ、正論をもって言い返せば、屁理屈《へりくつ》を捏ねられる。喧嘩を売られ、腕力でもって打ち負かせば、周囲に泣きついて悪者にされる。若葉だけじゃない。悪童たちに目を付けられるたびにいちいちそれらの対応に苦慮させられてきた。子供は苦手だ。馬鹿でワガママで、狭い世界のルールにのみ従って動いているから一般論というものが通じないし、飽きるまで粘着するから辟易《へきえき》する。何度早く大人になりたいと思ったことか。

だが反対に、狭い世界しか知らないので単純でもあったのだということには成長してから気がついた。それは巻矢にも言えることで、ほかに答えを知らないから与えられたカードのみで物事を捉えるしかなかった。善悪と正否の判断は卑近な例が模範解答となり、つまり答えはいつでも身近にあったはずで、目を凝らせばきっと正解の対応も見つけられたはずなのだ。

では、見つからなかったら？　巻矢もそれで苦労した。世間に目を広げすぎたせいで一般論なんてものに頼ってしまった。まあ、おかげで常識というか見識が広がり、地頭も良くなったのだろうと自負しているが。

巻矢に限らず狭い世界で幅を利かせ、あるいは苦しめられ、対応できず、逃げ場すら失った子供は、では、どうすればよかったのか。

そういうときこそ大人の出番だろう。親が、教師が、地域の警察官が、導いてやるべきなのだ。

この子の世界はどんなだろうと想像し、過敏な心を刺激しないよう適切に対応をするのは至難の業である。生活安全課で未成年者を相手にする職員の凄さを改めて実感する。そして、自己嫌悪。俺には到底真似できそうにない。

だからというわけではないが、不器用なりにできることをする。できることしかない。俺は探偵だから探偵の役割をこなすだけだ。

警察署の裏手までやってくる。大通りに沿って歩き、独身寮前に差し掛かる。今ばかりは人香も思い出話を切り出すことなく大人しく空に浮いていた。

湊になるべく優しく訊ねた。

「着ぐるみに声を掛けられたのはどの辺だ？」

湊はどことなく不満げな顔つきで、「あの辺です」と前方を指差した。普通は、ここ、と立って教えてくれそうなものなのに。大雑把にしか教えてくれない。

巻矢はしゃがんで湊と目線を合わせた。

「はっきり言おう。俺はおまえが自作自演しているものと思っている。自作自演ってわかるか？　自分で仕込んでおいて自分で引っ掛かることだ。実際には何も起きていないのに、さも何かあったふうに見せかけることを言う場合もある。簡単に言えば嘘ってことだ。湊は嘘を吐いている。着ぐるみの犬なんていなかったし、ケーキは自分で用意した。違うか？」

湊はキッと巻矢を正面から睨みつけた。

「嘘じゃありません！　本当にあったんです！」

「俺だけじゃなく寺脇のお姉ちゃんも最後はおまえを疑ってたぞ。警察官を舐めちゃいけない。事件の概要を聞くだけで、いろいろな角度から考察するように訓練されているんだ。おまえの話にはいくつか無理があった。おまえは気づいていなかったかもしれないけどな」

おそらく誰かからの受け売りをそのまま喋ったのだろう。だから、想定していない質問をされると説明があやふやになるし、話した内容の矛盾にも気づかない。

日が高くなり早朝に比べて過ごしやすくなった。風は冷たいが凍えるほどではない。晴天の下、特に面白みのない街並が輝いて見える。日曜日。バレンタインデー。お出掛けを勧める情報番組。いつもより車の交通量が多い気がした。

「最初に引っ掛かったのは、おまえがチョコケーキと口にしたことだ。開けてもいないのに箱の中身を言い当てるなんて、大した小学生だよ湊は」

すると、湊の顔が真っ赤になった。おっと。どうやら今の今まで気づいていなかったようだ。そして、その態度だけでもクロだと白状したようなものだった。

「次におかしいなと思ったのは犬の種類の件だ。着ぐるみの色を訊かれてすぐに白と出てこなかったのは、ちょっとな。そんなわかりやすい色をどうして迷うんだと思った。それと、夢の国のペットの犬は白じゃない。明るい茶色だ。クラスの友達にぬいぐるみを見せてもらったことがあるのに間違えるものかなと少し引っ掛かった。ま、こんなのは単なる揚げ足取りだ。事件当事者の記憶があやふやになるのはよくあることだし、認識違いや勘違いは誰にだってある。色と犬種を別々に説明しただけかもしれないとも思いなおした」

そういえば、犬が百匹以上登場する作品の主人公は白ではなかったか。いや、黒の斑点が付いていたっけ。ダルメシアンだったような。まあ、どっちでもいいんだが。

ただ、クラスメイトのことについてだけ饒舌《じようぜつ》になったのは、実際の記憶だから自信を持って話せたのだとは思っている。

「……わたし、犬のことそんなに詳しくないし」

顔を俯けて拗《す》ねたようにそう言った。完全にふて腐れた子供の態度だ。

思わず苦笑する。おかげで少しだけ肩の力が抜けた。

「そうだよな。誰だって間違えることくらいあるよな。これはそれほど重要なことじゃない。だが、一度でも疑って掛かると聞くことすべてが怪しいと感じてしまうもんなんだ。で、余計なことまで考えちまう。湊はどうしてこの道を歩いていたのか、とかな」

理由付けは何だっていい気がするが、湊ははっきりと目的を話してくれた。

「『ひがさ書店』に行くと言っていた。確か、最近発売された漫画を買いに行くため、だったたな。これは嘘じゃないいんだろう。過去に『ひがさ書店』でお目当ての新刊本を買った経験があったんだ。俺も利用しているからよくわかる。あそこなら新刊を大量に取り揃えてくれているっていう信頼がある。そわそわもするしわくわくもする。早く買って読みたいよな。歩いていくには遠くても朝一番に手に入れたい気持ちってのはようくわかる。

でもな。だからって、開店する一時間半前に行くのはどう考えても早すぎないか？若葉は朝礼に間に合うように寮を出て、ここでおまえと遭遇した。朝礼が午前八時三十分にあるからそれより前だ。本屋の開店時間は午前十時。ここからなら歩いて行っても十分と掛からない。開店にはまだまだ時間がある。ありすぎる。まさか開店時間を知らなかったなんてことはないよな？」

贔屓にしている本屋で、しかも新刊購入を楽しみにしていたなら開店時間くらい調べていそうなものだ。

　しかし、湊は「知りませんでした」ときっぱりと口にした。

「二十四時間やってると思ってたから」

　む。そうか。その発想はなかった。二十四時間営業をしている本屋は珍しいがあるところにはある。ふと中空を見上げると人香と目が合った。人香は一つ頷くと、

「この町に二十四時間営業の本屋さんはありません。確か日中地区界隈《かいわい》にもなかったはずです」

　二十四時間営業している店舗は業種に関わらず深夜パトロールの中継地に設定されることがある。蛾《が》が蛍光灯に吸い寄せられるように人間は煌々《こうこう》と点《とも》る看板に引き寄せられるもの。ひとが集まればその分トラブルが起きやすくなる。警官は巡回するルートに深夜営業の店舗を中継地に挟むことで防犯に役立てていた。人香が知らないなら無いと見做《みな》して構わないだろう。

「ちなみに、日中南小学校の校区にも本屋さんはあります。『YN《ワイエヌ》―BOOKS《ブックス》』という個人店で、店主のおじいさんが作務衣《さむえ》を着ているのが特徴的です。雑誌や専門書を主に扱っていますが、漫画は……。まあ、おじいさんですし」

　単なる補足情報だったが巻矢の推理をより一層固めるのに役立った。『ひがさ書店』でなければ目当ての漫画は手に入らない、と。ますます湊に都合がいい。

湊に頷き返す。

「なるほどな。確かに、『ひがさ書店』くらいでかい本屋なら二十四時間やっててもおかしくないかもな。早とちりしたってわけだ。でもな、俺にはそうは思えないんだ。湊が『ひがさ書店』に向かうのは、日中南に住んでいるおまえがここまで歩いてくるのに最もそれらしい理由が『本屋さんに行く』しかなかったから、だと思っている。もっと正確に言うなら『欲しい本が手に入る唯一の本屋さんに行く』だな。

つまりだな、午前八時三十分前後に、独身寮の前を、ここから離れた日中南地区に住むおまえが通りかかるには理由がいるんだよ。おまえが着ぐるみからケーキを渡されるのは決定事項だ。警察にケーキを回収させることもな。そのとき、警察から次のようなことを絶対に訊かれる。『どうしてその時間ここにいたの？』ってな。おまえは前もってその答えを用意していた。日中南に住むおまえがその時間ここにいても不自然でない理由。それが『本屋さんに行く』だったんだ」

巻矢が湊に小学校を訊いたとき、おそらく若葉もおかしいことに気づいた。

そこからはドミノ倒しだ。湊を一旦犯人側に置くと無理な状況が一変して無理ではなくなっていく。

「最も無理があると思ったのはこの場所だ。ご覧のとおり見晴らしがいい。まっすぐ延びた道路。高い建物はなく、歩道も広い。そしてここは警察官の独身寮の前だ。こんな場所に世間を騒がす着ぐるみが現れるのはかなり難しい。ないとは言わないが捕まる覚悟がなければ到底犯行には及ばないだろう」

遠目にも誰かわかるような広々とした道に着ぐるみが歩いていればそれだけで騒ぎになりかねない。そんな危ない橋を渡るやつは犯罪者である前に異常者だ。

「だが、湊が協力者なら話は別だ。着ぐるみなんてそもそも用意する必要すらないんだからな。おまえはケーキの箱を持ってただここに突っ立っているだけでいい。あとは声を掛けてきた警察官に用意した説明を口にすればミッションコンプリートだ。『着ぐるみホールケーキ事件』なんて最初から発生していなかった」

湊は何事か言いかけて口を閉ざした。反論したくてもできない、そんなところだろう。ずいぶん聡《さと》い子のようだ。しらばっくれることもしようと思えばできるのに。だが、いずれは嘘がばれて、そのとき自白が遅れて困るのは自分自身だと理解しているようだった。

それとも、背後にいる人間を庇うためか。一体誰の差し金だったのやら。

黙って成り行きを見守っていた人香が唐突に訊いた。

「ということは、八時三十分頃に時間を設定したのは出勤する警察官を待ち伏せするためだったってことですか？」

返事ができないので黙って頷いてみせた。

もっとも、通報するか交番や警察署に直接被害届を提出しにいけば済む話なのに、どうしてそれをしなかったのかという疑問は残る。こうして朝早くから独身寮の前に立たなくてもよかったのに。なぜ、あえてこの方法を取ったのか。

若葉が言ったセリフが思い出された。

――あたしたちとケンが関わっているのが面白くない人物による犯行。……知り合いかもしれないわね。

もしかしたら、待ち伏せしていたのは警察官じゃなく――。

……まあいいさ。後のことは若葉に託すとしよう。ここから先は警察の仕事だ。

「湊の保護者も今ごろ警察署に出頭しているはずだ。詳しいことはそこで正直に話すんだ。わかったな？」

「……はい」

湊は観念して頷いた。悪いことをしたという自覚がありそうで少しほっとする。

湊にこんなことをやらせたのはおそらく親だろう。良識がありそうな湊がこのような虚偽申告を行ったのは親の言いつけに逆らえなかったからだと推測できる。若葉もそのつもりで保護者を呼び出したはずだ。任意という体裁だが湊を警察署で保護しているかぎり身許引受人として出頭しないわけにいかない。

子供の狭い世界では親は絶対だ。だから、どんなに悪事だとわかっていても親のやることには一縷《いちる》の正当性があることを信じようとする。それはそれに従わざるをえない自分の正当性を守る防衛本能でもある。

親の言いつけだけではない。湊は自発的に虚偽申告を行った理由を何でもないことのように付け加えた。

「あのケーキ、食べさせてくれるって言ったから」

楽しみにしていた『チョコケーキ』をうっかり口にしてしまったという。

「それは……残念だったな」

「うん」

子供らしい可愛い失敗が今は無性に切なかった。

＊　　＊　　＊

後日、若葉から事の顛末《てんまつ》を聞いた。

想像どおり湊に指示を出したのは実の親——菅野夫妻だった。多額の借金があり、憂さ晴らしにやったと供述。二人は軽犯罪法違反の容疑で書類送検された。

『着ぐるみホールケーキ事件』を模したのは旬だったから。都合の悪いことから目を逸らすために珍事を起こすというが、それは世間の目だけでなく犯人側にも言えることらしい。都合の悪い現実から目を逸らしたくて犯罪に走るのだ。

巻矢の名前を出したことについては黙秘を貫いている。裏で夫妻に指示を出した人間が別にいるのはもはや明白だった。

また、湊を犯罪の道具に使ったことが児童虐待と見做され、立件するかどうかも検討中だという。今後は児童相談所が主体となって調査を行っていく方針だ。

あの日、独身寮の前で湊を問い質した後、巻矢は気まぐれを起こした。

「ちょっと寄り道するか」

コンビニに立ち寄り、三角のカットケーキを二つ購入する。中にあるフードコートで湊と並んで食べた。苺《いちご》のショートケーキ。残念ながらチョコレートケーキは売り切れだった。しかし、湊は気にしなかった。ケーキなら何でもよかったようだ。

安物のケーキ。味はそこそこ。人香にお供えしたチョコケーキに比べると何段か落ちる味だと思う。

「美味《うま》いか？」

湊に訊くと、それまでの澄ました表情が嘘のような笑みを浮かべた。

「うん！」

その笑顔を直視し続けるのは難しかった。よその家庭事情に首を突っ込む気はさらさらないが、こいつの親には一言言ってやりたくなった。

わかっている。分じゃない。そういうことを考える筋合いでもない。

子供は苦手だ。だが、子供が子供らしくいられないほうがよっぽど――。

頭を振った。糖分が必要だ。目の前にあるケーキにフォークを突き刺した。

幕間 ―三月一日―

壁をすり抜けて次郎丸を探しに行った人香が、わずか五分ほどで戻ってきた。

「見つけましたよ」

大発見をした子供のようにはしゃぐでもなく、つまらなそうに言った。

「どこにいるんだ？　すぐ帰ってきたところを見ると、まだこのビルの中か？」

「ええ。二つ下の階の廊下にいます。部屋の扉に寄りかかるようにして座っていました」

「なんだと？」

それは完全に予想外だった。遠くに逃げている、あるいは近場に潜伏して巻矢がビルから出てこないか監視している――そのどちらかだと思っていたのに。監禁の目的は依然としてわからないが、犯人の心理としてなら万が一巻矢が脱出したとき鉢合わせしないよう現場から少しでも離れていたいはずだ。

「この建物の中に、少なくとも死体が二つありました。もうじき三つになりますね」

「三つだと？」

「はい。ここと、一つ上の階と、そして下の階で三つです」

淡々と話す。そこに感情は乗っておらず、人香には不釣合いな冷徹な表情を覗かせた。

「死因ははっきりしませんが、上の階の死体には頭を殴打された痕跡がありました。死後数日は経過しているように見えましたね。しかし、気温が低いためかまだ腐敗は始まっておりません」

「少なくとも二つってのは?」

「一応、すべての部屋を確認してきました。しかし、いくら私が壁をすり抜けられるといっても、もし床下に隠されてあったら通りかかっただけでは発見できません」

パッと見て確認できた死体だけをカウントしたようだ。

「死体があった部屋の扉にもここと同じ鍵が取り付けられていました。中からは開けることができない鍵です。死体は今も閉じ込められている状態です」

「状況証拠的に次郎丸が殺したのは間違いない。それで三つ目ってのは?」

「いま次郎丸さんが寄りかかっているドアの部屋の中に、ひとが一人倒れていました。こちらはまだ息がありましたが、それも時間の問題でしょう。頭部を割られて虫の息です。次郎丸さんはその部屋を見張っているようでした」

「死ぬのを待っているのか」

「そのようです。もちろん、外から鍵が掛けられていました」

死因ははっきりしないと言っていたが、思いついたことがある。死体のある続き間を振り返った。

頭部への殴打が致命傷だった可能性もあるが、おそらく直接の死因は脱水症だ。ひとは、個人差はあるが、水を摂取しなければ概《おおむ》ね三日しか生きられない。

痛めつけて拘束して死ぬまで転がしておく。じわじわと死が迫る恐怖を与えて苦しめる遣《や》り口《くち》には十分残虐性がある。その三人は次郎丸からよほどの恨みを買っていたらしい。

三人か……。まさかと思い人香に訊ねた。

「上の階の死体と下の階で虫の息になっている人間の特徴を教えてくれ。人相や体格。ピアスやタトゥーといった装飾の有無なんかもだ。できるだけ詳しく」

「二人とも男性で、歳は二十代前半。ヤンチャな若者らしいファッションセンスでしたが服自体はハイブランドのものばかりでした。下の階のひとは右の首筋に炎を模したようなタトゥーがありました。上の階はぽっちゃりした体型で、額に青痣《あおあざ》がありました」

さすがだ。たった五分の間にそこまで観察していたとは。期待はしていたが期待以上である。

そして、この部屋の死体は頬骨が張っていて、唇の下の大きなホクロが特徴的である。

「やっぱりか」

この監禁事件の全貌が見えてきた。

「三人に心当たりがおありなんですか？」

「ああ。それぞれの特徴に覚えがある。このビルを使って日常的に女性に暴行を繰り返していたクソガキどもだ」

巻矢はそれぞれの特徴を事件と三人をセットにして覚えていた。見覚えがあったのに思い出せなかったのは死体を単体で見たせいだろう。

「二年前に被害者の一人が自殺した。それをきっかけに三人は逮捕されたが、こうして娑婆《しゃば》にいるってことは無事更生して出てきたんだろうよ」

吐き捨てるように言う。人香にも話が見えたようだ。

「なるほど。つまり、次郎丸さんは自殺した妹さんの復讐《ふくしゅう》をしているわけですか」

「妹かどうかはわからんがな。姉かもしれないし恋人かもしれないし娘かもしれない。

自殺したのが一人だけとは限らないし、もしかしたら次郎丸自身が被害に遭った張本人なのかもしれない。三人にはほかにも余罪が腐るほどある。あちこちから恨みを買っているんだ、この際動機を考えることに意味はないだろ」

人香は次郎丸が嘘を言っていると見抜いた。

事務所で語った内容はすべてが嘘だったのだ。

「人香、もう一度下の階の様子を見に行ってくれ。なんとか助ける手立てを考えたい」

「しかしそれは」

「頼む」

人香は何事か口にしかけたが、結局黙って言うとおりにしてくれた。わかっている。親の威光を笠《かさ》に着て横紙破りで刑期を短く終えた元少年三人が更生しているわけがない。助ける価値があるのかとあの目は訴えていた。

……けどな、人香よ。それは思ってもいけないことだ。おまえはもう警察官じゃない。それどころか生きてすらいない。だから感情に正直にいられるんだろう。しかし、俺は違う。俺はこうして生きている。生きているかぎり絶対に曲げられないものがある。

ほかでもないおまえから教えられたことだ。

だから、どんな凶悪犯だろうと救える命は救いたい。

今度は少し長かった。十分以上経ってようやく人香は戻ってきた。

「私なりに救出できる道はないかと考えながらあちこち調べましたが」

なかった、という言葉が続くかと思った。人香は嘆息した。

「間に合いませんでした。彼は事切れてしまいました」

「そうか」

脱力して壁に寄りかかり、そのまま座り込んだ。自分に責任があるとは微塵も思わないが、何もできなかった無力感に打ちのめされる。ひとが死んだ。ほんの十数メートル先の距離で。手も足も出なかったとはいえ見殺しにしてしまった気分である。

誰にぶつけたものかわからない憤りを思わず吐き出していた。

「次郎丸が悪人じゃない、とは俺は思わん。仇討《あだう》ちできない遺族の無念ってやつには毎度歯がゆい思いをさせられてきたが、そのやりきれなさを飲み込むことで法治国家は成り立っているんだ。いくら正義を謳《うた》ってもルールから外れた瞬間に正当性は消滅する。次郎丸は、心根はいいやつなんだろうよ。でもな、みんなが歯嚙《はが》みして守ってきたものを自分の都合で破ったあいつは、あの三人と同等のクズ野郎だ！」

人香は特に反論しない。順法精神の大切さを誰よりも知っているからだ。

菓子パンと水が入ったレジ袋。それに寝袋。これらは次郎丸がこの部屋で寝泊まりしていた証である。この部屋は、三人が死ぬまで見張り続けるための拠点でもあったのだ。

「監禁部屋はどこも同じ鍵が取り付けられていました。もしかしてこのビルの仕様なのでしょうか」

巻矢はつまらなげに言った。

「元がどういう用途で使われていたか思い出してみろ。たぶん、このビル全部の部屋に同じ鍵が付いている」

「……ああ」

少年三人が少女たちを監禁するのに使っていた鍵だ。それが自分たちへの復讐に利用されたのだから皮肉というほかない。

「だとすると、三人もここの鍵のことは知っていたはずです。次郎丸さんはどうやって三人を各部屋に閉じ込めることができたのでしょう？」

「さあな。だが、外で襲って運んできたってのは現実的じゃない。言葉巧みに誘導して閉じ込めたってところじゃないか」

あの大金はそのための小道具だったのではないか。相手が誰であれ札束を見せて儲《もう》け話があると吹っ掛ければ、警戒はされるだろうが興味も惹《ひ》けるだろう。事実、巻矢も心を動かされた。あの三人なら特権意識や傲慢さも手伝って話に乗る公算は高い。

「まあ正直、方法なんてどうでもいい。結果的に次郎丸はうまいこと復讐を果たした」

「きっと二年間、ずっとこの計画のために生きてきたのでしょうね」

「そうだな。全部計画的だったはずだ。じゃあこれも計画のうちか？」

巻矢は両手を大きく広げる。ここに巻矢がいること。これも計画のうちだというのか。

「俺を殺すことも予定通りか？」

人香はううむと唸った。

「おそらく、違うでしょうね。巻矢が言ったとおり、私が無意識に次郎丸さんを連れてきたのなら、次郎丸さんの計画に巻矢のことはなかったはずです。実際、事務所で会ったとき、次郎丸さんは巻矢のことを知らない様子でした」

「そうだ。それに、ここにはパンも水も寝袋もある。部屋に通したときに背後から襲ってくることもなかった。つまり、俺を殺す気がない」

もちろん、今すぐに、という条件付きだが。長期間監禁されたらさすがにやばい。

しかし、巻矢の考えが正しければ、あと数時間、長くても明日には解放されるはずだ。

「何度も言うが俺は次郎丸に殺される謂《い》われはない。とすると、次郎丸が必要としたのは俺個人じゃなくなる。次郎丸は、妹を逃がすための味方を探していた。その話は全部嘘だ。じゃあ、本当に欲していたのはどんな役割だ？」

そこまで言うと、人香も思い至ったようだ。

「身代わり、ですか？」

「俺に濡《ぬ》れ衣《ぎぬ》を着せるつもりなら、そうだろう。それ以外に部外者を殺害現場に招き入れる理由がない」

「では、巻矢はいずれ解放されるでしょうね」

「たぶんな。そしてそのときは警察もここに踏み込んでくるぞ」

そして、流れるように殺人容疑でお縄に掛かることになる。が、冤罪《えんざい》なのですぐに釈放されるはずだ。巻矢には、次郎丸が三人を襲ったここ数日間のアリバイがある。探偵として浮気調査をしてきた記録がスマホや事務所のパソコンにきっちり保存されている。それに、警察の捜査力を侮ってはいけない。三人も被害者が出た殺人事件である、警察の威信に懸けて死ぬ気で真相を解き明かし次郎丸を捕まえることだろう。

「身代わりを立てたところで時間稼ぎにすらならないさ」

「ですね」

人香は頷いたものの、少し首をかしげた。

「しかしそうなると、次郎丸さんの目的がまたわからなくなりますね。他人に罪を押し付けるなんてうまくいくはずないと気づきそうなものなのに」

……ふむ。それは確かに。元少年三人に見事復讐を果たした次郎丸にしては巻矢を監禁する手管はかなり杜撰だったように思う。実際に監禁されておいて言うのも何だが。

「何にせよ、生きて帰れそうでほっとしました」

「油断するなよ。まだそうと決まったわけじゃない。今ごろ次郎丸のやつ、凶器を持ってここに向かっているかもしれない」

「それならそれで返り討ちにすればいいんですよ。巻矢なら余裕でしょう」

余裕ってことはないが……。まあ、一対一が条件で次郎丸が相手なら制圧できる自信は確かにある。しかし、

「絶対はないさ。確実に生きて帰りたいなら思考を止めちゃ駄目だ。俺は次郎丸の目的をもう少し考えてみる」

何か見落としている気がする。次郎丸が事務所で語った内容を思い出せ。

そういえば、次郎丸は巻矢のことを「打ってつけ」だと言わなかったか。ただ罪をなすりつけたいだけなら相手は探偵でなくてもいいはずだ。ということは、打ってつけなのは職業ではなく、やはり巻矢個人ということにならないか。

「……」

もしや、次郎丸のやつ……。

人香がじっと見つめてきた。

「何だ？」

「いえ、以前からずっと気になっていたことがあったのですが、訊いてもいいですか？」

「何だよ、改まって」

「若ちゃんから聞いたのですが、何でも私は若ちゃんと巻矢の命の恩人だったとか」

「ああ」

若葉経由で伝わっていると思っていたのであえて言わなかったことだ。その昔、学生だった巻矢と若葉は月島人香巡査に命を救われた。大袈裟でも何でもなく、九死に一生を得たのである。

「それなのですが、実は私にはまったく身に覚えがないのです。誰かと勘違いしていませんか？」

「いや？　若葉も言わなかったか？　俺たちは確かに人香に助けられた。おまえがいてくれたから若葉は無事だったんだ。俺もな」

「いやいやいや、それです！　そこなんです！」

人香がくわっと身を乗り出してきた。ぶつかる心配がないので勢いよく体を寄せてくる。人香の体が巻矢の体をすり抜けて重なりあった。

「は、離れろッ！　頼むから！」

思わず悲鳴を上げた。それでも人香は身を引くことなく声を上げた。

「知り合った頃から巻矢は巻矢でした！　今みたいに自力でピンチを乗り切ろうとし、実際に乗り切れる強いひとでした！　窮地に陥った巻矢を私が救う？　想像できません！　何かの間違いです！　それも命の恩人だったなんて信じられません！」

「そんなの知るか！　若葉に訊け！」

「もう訊けません！」

ぐ。そうだった。こいつはもう死んでいるんだった。

「ていうか、何で今さら！　生きているうちに若葉に訊く機会なら何度もあっただろう！」

「若ちゃんは思い出を美化しすぎていて異論を差し込む隙がなかったんですよ！　巻矢、想像してみてください！　ほんのり頬を赤く染めた若ちゃんが架空とはいえ過去の私の行いを褒めてくれているんです！　とても嬉しそうに楽しそうにです！　それ私じゃありませんよ、なんてがっかりさせるようなこと言えますか⁉　言えませんよね！　ああそんなこともあったね、と同意するしかないでしょう！　違いますか⁉」

「わ、わかった！　悪かった！　わかったから今すぐ離れろ体をどけろ！」

「本当のことを教えてください！」

「言う！　言う！　言うから離れてくださいお願いします！」

大人香は一瞬値踏みするかのように目を見開くと、大人しく身を引いた。ほう、と大きく息を吐く。他人が自分の中に入ってくる映像は生理的にきつい。全身に鳥肌が立った。背筋が寒くなり、身が竦んだ。これが幽霊に取り憑かれた悪寒というやつだろうか。

ぶるりと身を震わせて、恨めしげに言う。

「大して面白い話じゃないぞ？ ていうか、いまそんな話してる場合か？」

「解放されるまでの暇潰しです。どうせほかにやることもないんですから」

これだから幽霊は。もう死ぬ恐れがないからそんなワガママが言えるんだ。いつ次郎丸が襲ってくるかもわからないってのに。

だが、また接近されても堪らない。巻矢は渋面を浮かべて思い出話を切り出した。

第三話　理想と真相　―九年前―

理想に対する想《おも》いが強すぎたり、自分に自信がないひとほど現実逃避に走る傾向にある。現実とのギャップに焦燥感を抱き、すべき努力もしないで今の自分を相対的に引き上げるべく簡単に承認欲求を満たそうとする。たとえば、SNSへの書き込みや投稿などがそうだ。自分と同じ意見を探して閲覧するのも同様である。SNSでなくてもいい。実際にひとと会って話したり、誰にも見せない日記やブログに思いの丈を綴《つづ》るのでもいい。そうやって愚痴を吐き出し、あるいは共感を得ることでひとまず現状に納得する。こうした現実逃避は精神を安定させ、今よりほんの少しマシな自分に理想の焦点を合わせてくれる。そのあと努力をするかどうかは自分次第だ。

大抵のひとがそうしている。そうやって日々を過ごしている。

現実逃避は悪いことじゃない。落ち込んだ心を刺激するカンフル剤と言っていいだろう。

しかし、何事にもほどほどが一番だ。それが今回の教訓となる。

現実逃避も行き過ぎると、それはやがて狂気に繋がっていく。

＊　＊　＊

あれは俺が十九歳のときだったな。

　大学に通ってた。法学部だ。あ？　別に、刑法を学びたかったわけじゃない。勘違いするな。そもそも俺が警官になろうと思ったのはおまえと出会ってからだ。学部は何でもよかったんだよ。

　目星を付けていた大学のうち受験の日程が異なる学部をただ受けただけって感じだ。受験したところは運よく全部合格して、家から一番近い大学に行くことにした。それが偶々法学部だったってわけだ。まだ警官になるなんて考えていなかったからな、講義はあまり熱心に聞いていなかった。単位さえ取れればいいと思ってた。意外か？　そんなもんさ。学生なんてな。

　正直、学生生活はつまらなかった。特にサークルに入っていたわけじゃないし、ゼミの仲間と飲み会や合コンに行っても何だかなって感じだった。それなりに遊んだつもりだ。でも、打ち込める何かには出会えなかった。まだ部活をしていた高校時代のほうが楽しかったと思う。ん？　中高と陸上部だった。若葉から聞いているだろ。そう、短距離走の選手だったんだ。途中までな。高校一年の秋だか冬くらいに槍投《やりな》げに転向した。監督が向いてるって言ってくれたんだ。ああ、転向した理由が知りたかったのか。若葉にも言っていなかったっけ。あいつは何でも俺と張り合っていたけどさすがに槍投げはできなかったみたいだしな。体が小さいから筋力がないのはわかってた。おかげで若葉に喧嘩を売られることはなくなったよ。陸上に関してだけ、限定的に、だけどな。あ？　体がちっこいのが若ちゃんの可愛いところ？　知るか、馬鹿。ともかく、俺の陸上は高校で終わった。県大会で入賞。それが限界だった。それ以上を目指したいとは思わなかったな。そんな熱意はなかったし、監督も続けろとは言わなかった。傍目《はため》にも巻矢健太郎の限界は見えていたんだ。

で、大学生活にも飽きていた俺はバイトに勤しむようになった。どうせ時間は無駄にある。体力もあり余っていた。引っ越し業者や建築資材の運搬作業、家電量販店の倉庫整理とかそういった肉体労働ばっか選んでやってた。毎日毎日、朝から晩まで、くたくたになるまで働いた。そうでもしないと満足できなかった。やりきった感っていうのかな。仕事で役に立って初めて充足感を得られたんだ。といっても、その瞬間だけだけどな。でも、やらないよりはマシだった。そのくらい退屈してたんだよ、俺は。

金か？　いくらになったかな。もう忘れたよ。貯《た》めたはいいけど使い道がなかったからな。昔使ってた銀行口座にそっくり残ってる。行っても数十万程度だ。その場凌ぎにはなるだろうが、今の金欠を解消できるほどじゃない。だから、今後もたぶん使わない。

そろそろ本題に入ろう。大学一年の冬、年明けの成人式を過ぎた頃のことだ。若葉の大学入試が迫っていた。あいつも特になりたい職業とか夢がなかったから大学はどこでもいいっていうスタンスだったな。ああ、この辺は俺よりおまえのほうが詳しそうだ。どうせ、いろいろ聞いているんだろ。あいつから。

どこでもいいとは言っても、偏差値は俺の大学と同等か、それ以上の学校を目指してた。受験でも負けず嫌いを発揮していた。当然、予備校に通っていた。受験前の追い込み時期だ、夜遅くまで予備校で講義を受けていた。予備校は家からだいぶ離れていて、歩けばまああの距離にあった。途中、街路灯が少ない路地を通らないといけない上に、人気もない。女子高生が一人で歩くにはちょっと心配になる道程だった。

ある夜、叔母さんに予備校まで若葉を迎えに行ってほしいと頼まれた。いつもだったら叔父さんがクルマで送り迎えしているんだが、その日は仕事の都合だか何だかで行けないから代わりに行ってほしいって、確かそんな話だった。丁度その頃、近所で変質者が出没するって噂も流れていたし、まあ、断れないよな。そのときバイト中だったから、バイトを上がるまで若葉を待たせてもいいならってことで了承したんだ。

……おい。オチを先に言うなよ。そうだよ。若葉のやつ、俺を待たずに先に帰りやがった。

あいつは一人だった。街路灯が少ない人気のない路地を歩いているときだった。後ろから声を掛けられた。男の声だった。

若葉は咄嗟に防犯ブザーに手を掛けたんだと。それを見せ付けながら振り返ると、男は待ったを掛けてこう言った。

「違います！　怪しい者じゃありません！　警察です！」

そして、そいつはあたふたしながら、

「曙《あけぼの》交番の月島って言います！」

と、名乗ったんだそうだ。

＊　＊

人香は目を丸くした。

「そんなことありましたっけ？」

若ちゃんからもそんな話は……、と呟きながら記憶を辿る。

「あ、いえ、あったかもしれません。暗い夜道をパトロールすることは多かったですから。ただ、若ちゃんと初めて会ったのがそのときだったなんて知りませんでした。若ちゃんは何も言っていませんでしたよ？」

「そうなのか？ まあ、おまえのことをはっきりと意識したのは命を救われた後だったと思うから、それ以前に聞いた名前は忘れちまったのかもしれないな」

「そうですか。……まあ、確かにそんな話し振りだったかもしれません」

受験のことで頭がいっぱいだったのだろう、と言い訳してやってもいいが、若葉は基本興味のないことは丸っきり覚えようとしない。反対に、一度でも気になりだすと徹底的に執着するタチだ。

「おや？ それではどうやって巻矢は私の名前を知ったのですか？」

思い出話に登場させたからには知るきっかけがあったはず、という質問である。

「名前を忘れたっつってもそれは後の話だ。さすがに直前に聞いた名前くらい若葉だって覚えているさ」

「ああ」

「俺はバイトが終わった後すぐに叔父さんちに行って、月島っていう若い警官に自宅まで送ってもらったと話す若葉に、どうして俺を待たずに勝手に帰ったりしたんだ、痴漢に襲われたらどうするんだ、って怒鳴って詰め寄ったんだ。そしたら、『あんたが来るのが遅いのが悪いんでしょ！』ってキレられた。なあ、これ、俺が悪いのか？」

人香は優しく微笑《ほほえ》むと、「若ちゃんらしくて可愛らしいですね」と言った。マジか……。俺は今、おまえの感性のほうが信じられなくなったぞ。

「ま、そんな感じで若葉から詳細を聞き出したってわけだ。で、翌日、俺はおまえに会いに行ったんだ」

「はい？」

間抜けな声を上げて人香が固まった。

やっぱり覚えてなかったか。

＊　＊　＊

曙交番にはおまえと篠田課長がいた、あ、いや、当時はまだ篠田警部補か。二人だけだった。昼休憩だったんだろう、二人して暢気にカップ麵をすすっていた。

俺は単刀直入に訊いた。「どうしてあの路地を巡回していたんですか？」ってな。おまえも篠田さんも困惑したように顔を見合わせていたっけ。今にして思えば下手くそな質問だった。暗い夜道を見回るのは当然のことだし、当然のことを訊かれても困っちまうよな。ただ、俺は疑っていたんだ。実は警察は、あそこに変質者が出没するのを予想していたんじゃないかって。何でって、町内に暗い夜道なんてほかにいくらでもあるだろ。にもかかわらずあの路地に警察がいたのはもう犯人の目星が付いていて、変質者を逮捕するために張り込んでいたんだと、俺は決め付けていた。若葉が警察官に声を掛けられたのは偶々ではなかったと、そう思っていたんだ。

どうしてって、……これ言うのは何か嫌だな。子供じみているっつーか。

笑うなよ？　当時の俺は何でか警察万能説みたいなものを信じていたんだよ。警察はすべてを見透かしている。警察が動いたときが犯罪者の最後、みたいな感じでさ。それまで一切関わりがなかったせいか、警察におかしな幻想を抱いてたんだ。

警察だけじゃない。世の中の仕組みについても過信していた。社会の歯車っていうやつは完璧に機能しているもんだと思ってた。あるべきものがあるべきところにきちんと収まっている。空きが出ればすぐさま補充される。人間を部品と見做して右から左。循環は滞ることがない。……馬鹿だよな。現実を知らなすぎる。まあ、社会経験が乏しい頭でっかちな学生にありがちな思考とも言えるか。リーマンなんかクソ喰らえ、いつかビッグになってやる、なんて発想は俺にはなかったが、俺も例に漏れずシステム化された社会に希望を持てなかった。

……悪い。話を戻そう。

篠田さんは質問の意味を深く考えすぎたんだろう、「警察が巡回したことで何か問題でもありましたか？」みたいなことを逆に訊かれた。俺ははぐらかされたと感じて返答できなかったよ。

おまえ？　おまえはのほほんとしていた。それはようく覚えている。言っただろ。俺は警察を万能組織と勘違いしていた。おまえの間抜け顔も世間の目を欺く演技かもしれないと警戒した。そら寒いものを感じた。勝手にな。だから、よく覚えてる。今となっちゃ笑い話もいいところだ。

俺は自分の従妹があの路地をよく使うから気に掛けてほしいとお願いした。

篠田さんは帰りに自分の携帯番号を紙に書いて「何かあれば直接連絡してきなさい」って渡してくれた。せめて受験が終わるまで若葉にこの番号を持たせてもいいとまで言ってくれた。管轄の地区でもないのにな。篠田さんは当時から本当にいいひとだったよ。心強かったし、感心させられた。でもま、俺は万能組織にあまりいい印象がなかったから警戒感を強めただけだったが。

それからしばらくの間は何事もなかった。

俺は変わらずバイトに精を出し、若葉は予備校通いで最後の追い込み。変質者の噂は囁かれていたけれど、実際に見たという話は聞こえてこない。若葉の送り迎えは叔父さんがしていたし、篠田さんが俺の話を真剣に聞き入れてくれたおかげだろう、警官が近所を巡回しているのを何度か見掛けたことがあった。俺はすっかり油断してしまっていた。

大学入試を二日後に控えた夜のことだった。叔母さんから連絡があった。若葉はもう帰宅していたんだが、家の前に不審者が長時間立っていて動かないって言うんだ。若葉を標的にして付きまとっているんじゃないか、ストーカーなんじゃないかって叔母さんは恐がっていた。警察に通報してみては、と提案したんだが、受験が間近に迫っているときに若葉の気が散るようなことはしたくないって言うんだ。ストーカーを変に刺激して襲ってこられてもまずいってな。

こういうとき、どうするのが正解なんだろうな。今でもわからん。もし通報して警察が出動したとしても、ストーカーはとっとと退散すれば済む。叔母さんの言ったとおり、通報したことで逆恨みされ、付きまといが過激化する恐れもある。警察の仕事は、起きた事件の捜査、後始末が基本だ。まだ起きていない出来事に対して取れる予防策なんて高が知れている。まして、家の前でひとが突っ立っているってだけでは何の対処もできない。せいぜい職質して注意するくらいが関の山だろう。それも今だから言えることだけどな。当時の俺は、それでもやっぱり、警察は万能なんだと思い込んでいた。

俺から篠田さんに連絡した。篠田さんはすぐに駆けつけてくれたよ。

おまえはいなかった。たぶん非番だったんじゃないか。篠田さんはほかの警察官と一緒だった。そのひとのことはいまだに知らない。おそらくよその地区の交番との合同パトロール中だったんだろう。

俺も若葉の家まで見に行った。そこにはもう篠田さんたちが現場《げんじょう》していて、特に異変はないってことで乗ってきた自転車で引き上げていった。叔母さんの言うストーカーはいなかったよ。

そして、翌日。受験日前日。ここからはさすがにおまえも知っているはずだ。

事件が起きた日だ。

おまえが若葉を、そして俺の命を救った日。

何の因果か、その日も叔父さんは仕事で若葉を迎えに行くことができず、俺はバイトで遅くなった。若葉は叔母さんから強く言われていたんだろう、予備校が終わっても勝手に帰ることなく俺が来るのを待っていた。

バイトを上がったタイミングで俺は篠田さんに連絡を入れた。そのとき篠田さんはあの路地の周辺を巡回してくれていた。

俺はひとまず安心すると、今度は若葉に電話した。

まだ予備校にいるはずの若葉はまさかの帰宅途中だった。

「どうして勝手に帰ってる！　迎えに行くと言っただろうが！」

すると、若葉はこう切り返した。

『ケンが遅いのが悪い』

それから、

『いま警察のひとと一緒だから大丈夫よ。前に夜道で声掛けてくれたあのひと。予備校まで迎えに来てくれたの』

何だよ。そういうことなら先に言っておいてくれ。俺はおまえと篠田さんにそう文句の一つも言いたくなったが、何にせよ合流してからの話だ。自転車を飛ばしてあの路地へと急いだ。

そして俺が到着したとき路地には何人もの警察官がいて、若葉がいて、変質者もいた。そして、おまえのおかげで若葉を襲おうとした変質者はあえなく御用となった。

めでたし。めでたし

＊　＊

またしても、人香は目を丸くした。

「え？　終わりですか？」

「ああ。おまえは若葉を救い、俺の命まで救ってくれた。本当に感謝している。まあ、おまえからしたら助けたっていう自覚はないんだろうけどな」

「どういう意味ですか？」

「さあな。俺の恥にもなるからこれ以上は言わない」

そうして昔語りを締めくくる。話してみれば結構呆気《あっけ》なかった。次郎丸を警戒しながらでもこのくらいの会話はそれほど難しくないようだ。十数分程度だったが、いい暇潰しになったと思う。提案してきた人香には密《ひそ》かにだが感謝しておく。

しかし案の定、人香は首を大袈裟に振って身を乗り出してきた。

「いやいやいや、待ってください！　何一つわかりません！　大事な部分が端折《はしょ》られている気がします！　そもそも変質者を捕まえたっていう件をまったく覚えておりません！」

「だから言ったろ。おまえには自覚がないって」

「そ、そうなのかもしれませんがそれだけじゃなく、変質者を捕まえたっていう事件そのものも記憶にありません！　あ、そうです！　きっと記録にもないはずです！　私にその気がなかったのだとしても事件と事実は消せません！　そうでしょう⁉　巻矢も警察官だったんですから知っているはずです！　変質者を捕まえたのならその日のうちに報告書にそのことを記述しなければなりません！」

そうだ。そして、当たり前だが報告書を書くのは事件に当たった当事者である。

「なのに、そんな報告書を作成した記憶が私にはない！　こんなの絶対におかしいです！」

「おまえじゃないなら篠田さんが書いたんだろう」

「いえ、そういう雑務は大体下っ端の仕事です。篠田さんは提出した報告書を確認するだけです」

ふと、人香の表情が止まる。何かを思い出したらしい。

「そんな大捕り物があったなら篠田さんだって一度は話題にしているはず。しかし、勤務中に篠田さんとそんな話をしたことがない。やっぱり、変質者を捕まえたなんていうのは嘘です」

「大捕り物ってほど大層な話じゃないさ。そして、この話に嘘はない」

「ですが私は」

「俺と若葉が事件はあったと言っているんだ。単におまえの認識が不足しているだけだろう。若葉は今の話をどういうふうに話したんだ？」

訊くと、訥々《とつとつ》と話し出した。

内容は巻矢の語りと概ね同じ。若葉の視点からだと巻矢は約束の時間になっても現れず、使えない従兄《いとこ》に代わって迎えにやってきた警察官と一緒に帰宅した。途中、ぞろぞろと何人もの警察官が合流し何やら口論を始めた。受験を明日に控えていた若葉は早く帰りたくてその輪から外れ、一人で帰ろうとした。そして、背中を向けたそのときだった。正面から自転車がものすごい勢いで突進してきた。

「――もしや、それが巻矢だったのですか？」

「……いいから、続き」

「あ、はい。えっと、突進してきた自転車を若ちゃんは咄嗟に避けたのですが、しかしそのせいで背後にいた警官たちの輪の中に派手に突っ込んでいきました。振り返った若ちゃんが見たのは地面に倒れた誰かとそれを取り押さえていた私」

その状況から若葉は次のように解釈した。

「その暴走自転車の運転手が変質者で、当初は若ちゃんにぶつかるつもりで漕《こ》いでいました。若ちゃんが避けたものだから、変質者は慌てて自転車を反転させようとし、そしてそれを私によって阻止された。変質者の首根っこを摑んで投げ飛ばしたんだそうです」

それが本当なら確かに人香はヒーローだ。そしてその光景が後に若葉を恋へと走らせることになる。

若葉の主観――というより、恋する乙女の妄想ってのはなかなかに度し難い。実際に見たはずの光景と見てもいない想像をごっちゃにして脚色し思い出を上書きしてがっちがちに美化させた。

どんなに格好悪くても格好良く見えてしまうのだ。厄介だ。

でもまあ、

「大体合っている」

「で、ですから！　私にはそんな記憶がないのです！　暴走自転車に突っ込まれたこともなければ一般人の首根っこを摑んで投げ飛ばした経験もありません！」

「だが、おまえは確かにその場にいたんだ」

「あの、でも」

「位置付けが違うだけで」

若葉が決定的に間違えたのはそこだ。変質者は自転車に乗っていなかったし、人香も警察官の輪の中に加わってなどいなかった。それに、人香にしろ若葉にしろ思い込みに囚《とら》われすぎている。巻矢も口にしている「命を救った」とする行動は必ずしも鎮圧や制圧を意味するものではない。

ぽん、と手のひらを拳で打つ人香。

「位置付け……そういうことですか。すべての辻褄《つじつま》が合いました」

さすがに今のヒントなら気づけるか。若葉の思い込みが正しくないとわかればあとは配置を入れ替えるだけで答えは自ずと出る。人香もおそらく思い出すはず。そう、自転車に乗っていたのは変質者ではなく――。

「巻矢、やはりあなたが暴走自転車の運転手だったのですね！　若ちゃんが心配なあまり飛ばしてきたあなたは、勢い余って我々警察官の輪の中に突進してきました。私はあなたを受け止めて一緒に地面に倒れる。九死に一生を得たあなたは私を命の恩人だと崇《あが》め感謝をし、若ちゃんはそれを私が変質者を退治したものと勘違いした。なぜ勘違いを正さなかったのか。そう、それは巻矢が恥ずかしがってこの事実を伏せたからです！　変質者に間違えられたこともそうですし、若ちゃんを思い暴走するまで急いでいたことも照れ臭かった！　俺の恥にもなるから――さっきの言葉はこのことを指していたのです！

そして、事件のことを報告書に書かなかったのは、実際には変質者を捕まえていないからですね。これは実際にあった『騒動』です。しかし、『事件』と呼べるものではありませんでした。これが真相です！」

自信ありげにびっと指を突きつける。巻矢は、おお、と思わず声を洩《も》らした。正直、ここまでとは。

「どうです、巻矢⁉　私の推理、当たっていますよね⁉」

「すごいな」

「でしょう⁉」

「全然当たっていない」

まったく掠《かす》りもしていない。よくもまあ間違った推理でここまで筋の通った話に仕立て上げられるものだと感心する。

「あのな、もしそんなことがあったら確実に笑い話だ。篠田さんが話題にしない理由がない」

「う、な、なるほど。いえでも、もしかしたら世間話の一つに話題にしていた可能性も」

「話題にしたことあるのか？　この話、おまえは覚えているのか？」

「……覚えていません」

「事件はあったと言っただろう。『事件』は『事件』だ。変質者は捕まり、おまえは若葉と俺の命を救った。勘違いだったとかそういう笑い話をしているんじゃない。マジで命の危機だったんだよ」

まだ納得いっていない人香が何だか憐《あわ》れに思えてきた。当事者なのに部外者みたいな立ち位置。認識不足のせいで奇跡的なすれ違いを起こしている。

ここまで話して思い出せないのなら、この先もずっと思い出すことはないだろう。何せ、こいつは「命の恩人」という言葉に引っ張られすぎている。そこにこだわると真相から遠退《とおの》いてしまうからだ。

別に引っ張るつもりはなかったので、あっさりと真相を暴露した。

「自転車に乗っていたのはおまえだよ。暴走自転車で仲間の警察官らに突進し、一人を撥《は》ねて一緒に地面に転倒した。撥ねたそいつの上に重なったせいで何だか投げ技を決めたような姿勢になっていた。若葉が勘違いしたのはそれが原因だろうな」

ようやく人香も記憶に引っ掛かるものがあったらしい。はっとして口許《くちもと》を押さえ、巻矢を振り返った。

「わかりました！ わかりましたよ巻矢！ ありましたね、そんな事故も！ そうだったのですね！ あのときあの場にいた女子高生と青年が若ちゃんと巻矢だったのか！」

素直に頷く。これまで思い出せなかったのは人香にとってこの事件は事故を起こした失敗談でしかなかったからだ。

「俺も悪かったよ。あの路地、なんて言い方でわざとわかりづらくした。もっと具体的な地名や説明があったらさすがにおまえでも関連する記憶を呼び起こせたはずだ」

長年の謎が解けて興奮したのも束《つか》の間《ま》、人香は一変して恥ずかしそうに頭をかいた。

「あの日、巡回の途中ではぐれてしまいまして、無線で聞きつけてあの路地に急いだんです。篠田さんと別の交番のひとたちがいるのを見つけてさらにスピードを上げたんですが、なぜかブレーキがほとんど利かなくて。後で篠田さんにめちゃくちゃ叱られました」

「おまえらしいよ。どうせ普段から自転車のメンテナンスを怠っていたんだろう」

「見損なわないでください！ メンテナンスは毎日欠かさずやっていました！ ……

ただ、事故後に篠田さんからは、月島のメンテナンスは破壊工作を見ているようだ、と評価されました。以来、何かを管理するときは誰かと一緒にするようにしていました」

「不憫なやつ。人香の失敗は大体が自滅だ。それも良かれと思って施したことが原因でトラブルを起こすのだから手に負えない。それも人香らしいっちゃ人香らしいが。

「とにかく、もうわかっただろう。変質者は警察官の中にいた。正確には、警察官のフリをしていた。最初に夜道で若葉に話しかけてきた『月島』がそうだ。予備校に迎えに行った警察官もそいつだった。もちろん、偽名だよ。おまえに成りすましていたんだ。以前に曙交番に落とし物を届けたときにおまえの名前を覚えたんだと。で、その正体は警察官のコスプレをしたただの受験生だった」

しかも、若葉と同じ予備校に通う浪人生だった。

「警察官のコスプレ？」

「ああ。どこで手に入れたのか本物の制服を着て、手錠や警棒、改造されたモデルガンなどを所持していた。傍目には本物の警察官にしか見えなかった」

「でも、若ちゃんが通っていた予備校の生徒だったんでしょ？　若ちゃんは気づかなかったんでしょうか？」

「あいつがどうでもいいやつの顔を覚えていると思うか？　それに、これは若葉に限った話じゃないが、たとえいつも見ている顔馴染みでも、いきなり警察官の格好をして現れれば本人と気づくことはないだろう。コスチュームは一目でそれとわかる記号だ。警察官に知り合いでもいないかぎり顔をしっかり見ようとはしない。ひとくくりに『警察官』としか認識しないよ、普通は」

しかも夜で制帽を被っていれば顔の判別がつきにくく、記号で警察官だとわかりさえすればそのひとがどういう顔をしているかなんてあまり気にならないものだ。

「コスプレイヤーのそいつ、名前は何て言ったかな、忘れた。そいつでいいか。そいつは予備校の生徒で二浪中。背景まではわからんがどうしても行きたい大学があって、しかし二回も滑ってもう後がない。警察官のコスプレをしだしたのはそのプレッシャーに耐え切れずってとこだろうな。いわゆる現実逃避だ。最初はコスプレするだけだったがそれも段々エスカレートしてきて実際に町中で通行人に職質の真似事をするようにまでなった。勉強もしないで何やってんだか」

だが、気持ちはわからなくもない。予備校に通っているのは年下の現役生が大半で、自分だけが周りから浮いている。ストレスは溜まる一方でやがて発散したくなる。

「……」

いまだに何者にもなれない焦燥感と、社会から切り離されたような疎外感。収まるべきところに収まっていない気持ち悪さ。

なのに、世の中は事も無げに回っていく。そいつ一人いなくたってどうせ世界は何も変わらないのだ、という現実を突きつけられた気分になる。

突き抜けるなら二方向――暴走か、視野狭窄《きょうさく》による無気力か。

コスプレするだけならまだよかった。ひとの迷惑になるような奇行にまで及んでしまったら、それはもう狂気に取り憑かれた兆しである。

「そいつ、若葉のことが好きだったらしい。予備校帰りの若葉に声を掛けて、警察のフリして自宅まで送り届けたのは住所を特定するためだった。それからストーカー紛《まが》いの張り込みを行った。そいつ自身は警察官になりきって若葉の護衛をしているつもりだったみたいだが、純粋に気持ち悪いよな」

人香は神妙な面持ちだ。過去のこととは言え、恋人に近づく不逞《ふてい》の輩《やから》に嫉妬と危機感を抱きながらも、同じひとを好きになったそいつを憎めずにいる。そんなところだろう。

そんな感情もこの話を聞けば吹っ飛ぶはずだ。

「モデルガンな、アルミ缶の片面を貫通するくらいの威力があったそうだ。まだひとに向けて撃ったことはなかったそうだが、たぶん時間の問題だった」

「まさか、若ちゃんに？」

「本人は否定していたけどな。じゃあ何でそんなもん持ち歩いていたんだって話だろ。モデルガンだけじゃない。オモチャだが割と頑丈な手錠も持っていた。若葉に付きまとっていたのは事実だし、その先の凶行に考えが及んだとしてもおかしくない」

それが命の危険の真相だ。これまで家の近所をうろうろするだけだったそいつがどうしてその夜にかぎって予備校で声を掛けたのか。受験前夜に箍《たが》が外れたのか、それとも初めからその日を決行日と定めていたのか。大人しく付いていった若葉はまさしく絶体絶命の危機だったのである。

啞然《あぜん》とする人香に笑いかける。

「おまえなんだろ？　あの路地の見回り強化を管轄の交番にお願いしたのって」

「……ええ。聞きながら思い出していました。曙交番の担当地区から少し外れていましたからね。一般人の青年がわざわざ交番まで訪ねてきて気に掛けてほしいと言ったんです。無視なんてできませんよ。でも、そうですか」

人香も笑みをこぼし、感慨深げに口にした。

「たったそれだけのことで、私は未来の恋人の命を救っていたのですね」

担当区域の警察官たちは、あの路地で警察官の格好をしている男と女子高生が歩いているのを発見した。本物の警察官の目から見ればそいつが不審だとすぐにわかったらしい。同僚のはずのそいつの顔を知らないのだから当然と言えば当然だが。

警察官たちは二人を呼び止め、特に男を職務質問する。そこに巻矢から連絡を受けた篠田が合流し、巻矢も後からやってきて、最後に篠田から置いてきぼりを食った人香が突進してきた、という流れである。

しかも、図ったようにコスプレ警察官を吹っ飛ばしたのだ。

「あのときは自分の価値観が変わるくらい大笑いしたよ。まさか警察にこんなやつがいたとはなって」

「はい。我ながらびっくりです」

しかも、当事者のくせして何も知らなかったというのだから重ねてすごい。

「ですが、まだわからないことがあります。どうして私や若ちゃんには事件の詳細が伝わっていなかったのでしょうか。巻矢はこんなに知っているのに」

当然の疑問だ。ここから先は巻矢も正直腑に落ちていない。

この一件は最年長の篠田が預かることになり、場所は曙交番に移動する。

「あの後、若葉を自宅に帰した俺は一応関係者ってことで曙交番に行ったんだ。おまえは一般人に自転車で突っ込んだことと自転車を破損させたことの始末書を書かされていた。その間に、偽警察官のそいつの自供を聴いた。その上で、俺と篠田さんとでこの件は秘密にしようって取り決めた」

「な、何で一般人の巻矢にそんなことが決められるんですか⁉　警察官の私を差し置いて！」

「怒るなよ。俺の場合、若葉には内緒にしとこうってだけの話だ。受験シーズン真《ま》っ只中《ただなか》の若葉に、警察官に成りすました予備校の同期に襲われそうになっていた、なんて説明できると思うか？　そんなこと聞かされたら動揺するだろうし確実に試験に響くだろう。だから、しばらくはコスプレ男も本物の警察官だったってことで誤魔化して、受験がすべて終わったら本当のことを説明しようと思った」

「な、なるほど」

「で、おまえやほかの警察官に秘密にするって決めたのは篠田さんだ」

人香は眉をひそめた。さすがにこちらは看過できない事例だ。未成年の少女が暴行、もしくは殺害されたかもしれない未遂事件をなかったことにするのはどう考えてもおかしい。いくら上司の篠田が決めたからといって簡単に頷けるものではない。

それでもコスプレ男を庇う理由とは——至極単純で甘い話であった。

「篠田さんがコスプレ男には更生の余地があるってんで立件しなかったんだよ。そいつも受験を控えているし、今ここで将来の芽を摘むのは如何だろうかって言ってな。どうして警察官のコスプレだったのかって話になったんだ。実はそいつの身内にも警察官がいて、そいつ自身も警察官になることが夢だったらしいんだ。篠田さんはまんまとほだされちまったわけだ」

巻矢は納得がいかなかった。しかし、

「篠田さんには世話になったからな。そんなひとに頭を下げられたらさすがに嫌とは言えなかった」

それに、ベテランの警察官が言うのだから何か考えがあってのことだろう、と根拠もなく信用してしまった。人香によって瓦解した警察万能説がかろうじて生きていたせいでもある。

「まったく、篠田さんもお人好しが過ぎる。いくら相手が受験生だからって甘いよな。未遂っつっても改造モデルガンがすでに銃刀法違反容疑でアウトだったんだ。俺が現職だったらまず間違いなく立件している。隠蔽なんかするものか」

「ええ。巻矢ならそうでしょうね」

「……？」

不意に、何か引っ掛かるものを感じた。……何だ。何か閃きかけたんだが。

人香は今の話を聞いて、警察官に憧れていた昔の自分を思い出しているようだった。理想を間違った方法で叶《かな》えようとしたコスプレ男に同情するように目を伏せた。

巻矢は脳裏を掠めた事柄を一旦脇に退《ど》かすと、締めくくる。

「んで後日、若葉に犯人の正体をぼかして説明すんのが面倒くさかったんで、曙交番の月島巡査が変質者からおまえを守ってくれたんだよって教えてやった。あとはあいつの脳内で月島人香のイメージが勝手に美化されていったってわけだ」

「……何だか若ちゃんを騙したみたいで複雑です」

「心配するな。あいつはおまえの駄目なところもしっかり見た上でおまえの恋人になったんだ。それを疑ったらさすがにあいつに失礼だ」

「そうですね。失言でした」

これにて昔話は終了した。

人香の長年の疑問は無事氷解したのであった。

人香はもう目を丸くすることはしない。代わりに、半目を向けてきた。

「巻矢、大切なことがまた抜けています」

「何だよ。もう全部話したぞ」

「煙《けむ》に巻《ま》こうったってそうはいきませんよ！　私が最初から聞きたかったのは一つだけです。どうして私が巻矢の命まで救ったことになっているんですか？　今の話の中にそんな描写はありませんでしたよ。そもそも巻矢は命の危機に陥ったことなんて一瞬たりともなかったではないですか」

不満そうに唇を尖らせた。まるで巻矢が意地悪をしているかのような言い草だが、実はそうでもない。むしろ喋りすぎたと思うくらい赤裸々に吐露してしまっている。

＊

学生時代、世の中が完璧だと思うあまり、どこにも入り込む隙間がなくて身の置き場がないと感じた。

この感覚から目を逸らしたくて連日連夜肉体労働に打ち込んだ。自分の存在価値を自分の体を痛めつけることで確認した。

「……一瞬たりともってのが間違いだ。危機的状況っていうのは瞬間的なものだけじゃない」

人香は首をかしげている。別にわかってもらおうなんて思っちゃいない。夢や希望がある人間にこの虚無感はわかるまい。

現実逃避も行き過ぎると狂気に繋がっていく。

いずれは消えてなくなりたいと思ったかもしれない。

ふっと苦笑する。

若気の至り。

「これ以上は恥になるから勘弁な」

今は――。今はまだ、かろうじて、満たされたまま。

幕間　―三月一日―

外が賑やかになったと思ったら、廊下に複数の足音が響き渡った。非常階段を駆け上がる音。下の階で怒声。それが上の階――巻矢たちがいる階にまで上がってきた。

ドアが無造作に開け放たれる。

「誰かいるのか⁉」

入ってきた警察官が叫んだ。次いで部屋の隅に座り込んでいる巻矢を見つけると、すぐさま肩に掛けた無線機に呼びかけた。

「四階突き当たりの部屋。容疑者と思しき男を発見。これより確保する」

「容疑者ですって」

人香が呆れたように言う。それも仕方あるまい。この騒々しさは下の階の死体を発見したからであり、そんな廃ビルの一室にのうのうと鎮座する男がいれば十中八九容疑者だ。

「し、死体を発見しました！　もう一体死体があります！」

まもなく続き間の死体が発見された。駆け込んできた警察官三人のうちの一人が親の仇を見るような目つきで睨みつけてきた。俺じゃないと言ったところで納得してくれなさそうな雰囲気である。

「年貢の納め時ですね。ようやく帰れそうです」

やれやれ、と肩を回す人香にそっと首を振る。そんなわけがない。容疑者として捕まる以上、逃亡と証拠隠滅防止のために留置場送りは免れない。最低でも二泊三日は覚悟しなければならないだろう。事務所に帰れるのは早くても明後日《あさって》以降だ。

ところで、警察が突入してきたということは次郎丸が通報したということである。部屋のドアもあっさり開いたし、いつの間に鍵を開けたのだろう。昔話をしている最中か。耳を澄ませていたつもりだったが全然気づかなかった。

警察官が言うには、何でも通報したのは巻矢本人で「俺がやりました」と言ったのだそうだ。

そういうことならば大人しく捕まるほかない。抵抗する意志がないことを示し、両脇からがっしり掴まれながら部屋を出る。閉じ込められてから数時間、長いようで短い監禁が終了した。

だが、現場から警察署に連行されたのはそれからさらに数時間後のことだった。廃ビル前に停《と》めたパトカーの中で聴取された。今日の出来事を三回語って聞かせ、話す内容が変わっていないか事細かく確かめられた。巻矢にも職質の経験はあるが、されるのは初めてだったので新鮮かつ緊張した。

発車した頃にはもう日がとっぷり暮れていた。連行中、パトカーの車内でうとうとしかけたら若い警察官に思い切り足を踏まれた。親の仇の目つきのあの男だ。今の巻矢は状況証拠的にとりあえず容疑者ではあるが、無罪推定の原則を知らんのかこいつは。だが、文句を言えばますます疑われるだけなので黙っておく。

警察署の玄関前に停車する。巻矢を後部座席に残して警察官が全員降りた。事前に容疑者の名前を警察署に報告していたらしく、現場した警察官と巻矢を知る刑事課の刑事たちが車外で何やら話し込んでいる。

「まったく。巻矢は犯人じゃないのですからもう解放してくれてもいいのに！　何をちんたらしているんでしょうかね！」

それまで車外に体を半分出していた人香が隣に座り直して憤った。

今なら誰に聞かれる心配もない。ぼそりと呟くように口にした。

「あいつは俺を恨んでいた。警察官だった俺を。だから狙われたんだ」

「は？」

「さっき警察に次郎丸とは今日初めて会ったと話した」

何の話だろう、と目をパチクリさせながらも人香は頷いた。

「ええ、そうですね。ですが、あのひとたちは巻矢がいもしない人間の存在を匂わせて捜査をかく乱しようとしているんじゃないかと疑っていました。本当のことを言っているのに全然信用してくれません！ 捜査員失格ですよ！」

ぷりぷり怒っているところ申し訳ないが、巻矢の言葉を頭から信じてしまうような警察官のほうが駄目な気がする。

「実はな、俺はあいつを知っている。いや、正確には心当たりがある」

といっても、思い出したのは殺された三人の素性が割れた後のことだ。

「二年前のことだ。俺は当時『連続女性暴行監禁事件』を担当していた」

三人組が主導して会を設立し、脅迫、監禁した女性に会員男性を宛がい売春行為を強要したとする事件。マスコミには会の名称がそのまま事件名として取り上げられた。そっちは言わば俗称で、通りがいいのは『ソープランド事件』であったが、捜査本部では『連続女性暴行監禁事件』と呼称していた。

「担当っつっても当時の警察関係者はほとんどが捜査に駆り出されていた。俺は三人組の余罪を追及するべく被害者やその家族に何度も聴き取りをした。その中に次郎丸はいたんだろう。薄《う》っすらとだがあの顔に見覚えがある気がするんだ」

被害者本人やその家族ならともかく、恋人、友人、知人と当事者との関係性が離れていけばいくほど印象は残りにくくなる。その一番の理由は苗字が違うことにあるのだが。ただ、次郎丸という明らかに珍しい苗字は印象に残りやすいので、それでも覚えがないということはおそらく偽名なのだろう。

「次郎丸さんのほうは巻矢のことを覚えていたんでしょうか？」

「たぶんな。こっちも珍しい名前だし」

思えば、事務所で名刺を渡したとき、次郎丸は巻矢の名前に反応していた。その流れから喧嘩が得意かと訊かれたのは、警察にいたことを確かめるための誘導尋問だったのではないかと考えられる。

「しかし、恨まれているとは穏やかじゃありませんね。巻矢、彼に何かしたんですか？」

「いや、聴き取りしただけで何も。……むしろ、それが問題だったんだ」

人香は眉を寄せて首をかしげている。刑事が事件の聴き取り捜査をして回るのは何もおかしなことではない。それがどうして恨みに繋がるのか。

「あ、もしかして、巻矢が三人組を見事捕まえてしまったことで復讐する期間が延びたから？ その逆恨みですか？」

「まさか。俺がやったのは余罪探しだけさ。三人はすでに捕まっていたんだから。だが、あいつらが強制性交等罪や脅迫罪といった比較的重い罪に問われることはなかった。三人の親が偉い人間で警察トップに圧力を掛けたって噂だが、実際軽い罪にしか問われなかったからたぶん真実なんだろう。逮捕のきっかけが『連続女性暴行監禁事件』であったにもかかわらず、警察は日和《ひよ》ったわけだ」

それか検察庁か。あるいは、その両方だろう。

「次郎丸は三人を憎んだ。と同時に、警察組織にも憎悪の目を向けた。警察がしっかりしていれば次郎丸も手を汚さずに済んだかもしれなかったんだ」

「ちょ、ちょっと待ってください！ だから巻矢が恨まれているって言うんですか⁉ それこそ逆恨みではないですか！ そんなの巻矢には直接関係ない話でしょう⁉」

いくら元警察官だったからとはいえ、いやたとえ現役であったとしても、すべての警察官を恨むのは筋違いである。不正に一切加担していない真面目な警察官のほうが実際は遥《はる》かに多いのだ。

「だが、当時の俺は警察の日和見を体現したようなどうしようもないやつだった。真面目に捜査に取り組んでいなかった。それどころか、捜査中に一人ふけてサボったこともある。もしそんな姿をどこかで見られていたとしたら、俺個人に復讐心を抱いたとしてもおかしくない」

被害者やその遺族からしたらとんでもない怠慢で、警察の信用を失墜させるには十分すぎる振る舞いだ。

いやしかし、と人香は唸った。

「いくら何でも無理がありませんか。巻矢のそれは被害妄想です」

さすがに呆れた様子である。しかし、巻矢の卑屈は止まらなかった。

「その上、俺は捜査の途中で身勝手にも辞職した。そのときの俺は自分で思うよりもよっぽど見下げ果てたやつだったんだろう。だから、同僚たちにもいまだに嫌われている」

当時のことは断片的にしか覚えていない。それだけ無気力に日々を過ごしていた。学生時代の自分に戻ったみたいで最悪だった。今でも事件のことを聞くと居たたまれない気持ちになる。あの廃ビルが闇取引場所になっていることを知らなかったのも意識的に避けていたからだった。

「俺を嫌っている刑事は俺を捕まえようと躍起になるはず。もしかしたら、冤罪が成立するかもしれないな」

「そんなわけないでしょう。彼らは捜査に私情を挟みません」

「そうか？　俺は挟みまくってたぞ？　犯人のでっち上げくらい簡単にできる」

人香は露骨にむっとした顔になる。

「そもそも巻矢には三人を殺害する動機がないじゃないですか。状況証拠以外に疑われるところがありません」

「半端な形で放り出した事件を、二年越しに自らの手で幕を引いた――とか、ありそうな筋書きじゃないか。おまえの捜索も進展がないし、憂さ晴らしの意味も込めて犯行に及んだ、とかな」

「言い掛かりも甚だしいです。そんなの動機のうちに入りません」

「だが、次郎丸はそこまで読んだ上で俺を犯人に仕立てようとしていたとしたら」

「考えすぎです！　何なんですかさっきから！　そんなに次郎丸さんから恨みを買われていることにしたいんですか⁉　どうかしていますよ！　監禁されたときにも言いましたが、事務所を訪れたときの次郎丸さんは巻矢の顔を知らない様子でした！　確かに巻矢の言うように名前は知っていたのかもしれませんが、名刺を渡されるまで思い出さなかったのでしょう⁉　それってつまり、身代わり探しと巻矢への恨みは別だったっていう明確な証拠じゃないですか！　どうせ罪をなすりつけるなら警察関係者がいい、そういう意味では確かに巻矢は『打ってつけ』だったかもしれません！　ですが、だからといって巻矢を狙い撃ちにしたということにはならないでしょう！　違いますか!?」

その通りだ。反論の余地もない。巻矢もその意見には完全に同意できる。

しかし、次郎丸が巻矢の事務所にやってきたのが偶々だったとはどうしても思えないのだ。

「取り越し苦労ですよ、巻矢。あなたが捕まることは絶対にありません。巻矢にはアリバイがあります。三日三晩に亘る浮気調査の行動記録がそれを証明してくれます」

アリバイは第三者の証言や公的な記録がなければ立証されない。大福から仕事の斡《あっ》旋《せん》がない日はほとんど営業に出ているためアリバイがないのと同じである。偶々仕事が入っていたからよかったものの、普段だったらアリバイの立証は難しかった。

運がよかったのだ。本当に。

「次郎丸さんの計画のうちに巻矢を標的にする意図が入っていたのであれば、そこまで考えてないとおかしいです」

「でも、アリバイがあるかどうかなんて次郎丸には知る由もないことだろ。うまくいけば儲けものくらいに考えていたんじゃないか」

「それは。そんなこと」

言い出したら切りがない。そう続く人香の言葉に被せるように言い放つ。

「というか、俺にアリバイがあることが完全に誤算だったんだ」

誰にとっての誤算だったのか。

次郎丸ではない。

きっとあいつだ──この憶測が巻矢をどこまでもネガティブにさせていく。

いつまでも後ろ向きな態度でいると、「ああもう！」ついに我慢の限界を迎えた。

「大体ですね、巻矢が真面目に捜査に取り組んでいなかったというのがまずもって信じられません！　巻矢は人一倍正義感の強いひとじゃないですか！　困っているひとがいれば見て見ぬフリができない！　そういうひとですよ、あなたは！　一体どこに次郎丸さんに恨まれる要素があるって言うんですか⁉」

前のめりに力説されて思わず苦笑した。本当にこいつときたら……。

「買い被りすぎだ。俺はそんな人間じゃない」

「いいえ！　あなたの人間性はこの私が誰よりも知っています！　たとえ仮に、巻矢が言うように、事件当時、仕事に打ち込めなかったのだとしても、それにも何か理由があったはずです。私にはわかります。何か大きな悩みがあったのでしょう。違いますか？」

「おまえがそれを訊くのか？」

「どういう意味です？」

きょとんとした顔は昔も今も変わらない。

あの頃から何も進んでいない。それが問題だった。

「それは、おまえが」

言いかけたとき、コンコン、とサイドウィンドウを指で叩く音がした。見れば、パンツスーツ姿の女性が車内を覗き込んでいた。若葉だった。

後部ドアを開けて、座る人香の体をすり抜けて半身を車内に入れてきた。巻矢の目には人香と若葉の体が結合して見えて気分が悪くなったが、人香もいい気がしないのかすぐに助手席に移動した。

「久しぶりね」

「二週間前に会ったばかりだろ」

バレンタインデー以来である。この期間を久しぶりと捉えるかどうか微妙だが、若葉はしょっちゅう会っていると思いたくないのか「ひ、さ、し、ぶ、り、ね！」と強調した。

「あの三人を殺したのはあんた？」

「直球だな。本気で訊いてんのか？」

仮にも親戚なのだから疑うにしても少しくらいオブラートに包んでほしい。

「俺があいつらを殺して何の得があるっていうんだ？」

「知らないわよそんなこと。でも、……あのことと関係があったらやりかねないんじゃないの？」

「あのこと？」

「人香さん、……月島巡査のことよ。行方不明になってかれこれ二年が経った。ねえ？　まだ一人で追いかけてるの？」

溜め息交じりに言ったので、巻矢は顔を強張らせた。「一人」を指して呆れたのか。「追いかけている」ことを指して嘆いたのか。捉え方次第では問われている内容が変わってくる。

その緊張をどう受け取ったのか、若葉はむっとした顔になる。

「あんた一人だけが人香さんを追いかけていると思ったら大間違いだから。あたしはひとを探すなら警察にいたほうが絶対にいいと思っている。警察には人香さんを知っている味方がたくさんいるし、情報だっていっぱい入ってくる。あんたが警察を辞めたことに今さら文句はないわよ。好きに生きて好きに野垂れ死ねばいいわ。でもね、あんたの身勝手の理由に人香さんを使うのはやめてよね。もし今回の殺人があんたの仕業で、その理由を人香さんに押し付けようとしてんなら——あたしはあんたを一生許さない」

「……」

「それだけ言いにきたの。わかってる。どうせあんたの仕業じゃない。あんたならこんなことであっさり捕まらないもの。それじゃあね」

言いたいことだけ言うと若葉はドアを力いっぱい閉めて、肩を怒らせながら歩き去っていった。

人香もまた若葉の後ろ姿を目で追いかけ続けている。

ふっと笑い声が聞こえた。

「私には時間の感覚がありません。気づいたら巻矢に取り憑いていました。だからか、ついつい忘れてしまいます。そうでしたね。私が行方不明になったのは二年前でした。おそらく、死んだのも」

「わかったか？　俺が腑抜けた理由がよ」

巻矢にとって人香の存在がどれほど大きいものだったか、言外に察した人香は喜ぶべきかどうか迷うような笑みをこぼす。誤魔化すように「そういえば」と口にする。

「私があの三人の特徴を、もっと言えば三人が犯した罪を知らなかったのはそういうわけだったのですね」

「ああ。その頃にはもうおまえはいなくなっていたからな」

人香が助手席からシート越しに振り返り、苦笑した。

「私は自分がどうして死んだのかわかりません。行方不明になった前後の記憶がすっぽり抜け落ちています。私の死体は一体どこにあるのでしょう」

「それを探しているんだ。俺も、若葉も」

若葉は警察の立場から人香の行方を追うつもりでいる。

巻矢は、若葉には言っていないが、月島人香の失踪には警察関係者の関与がある、と疑っている。だから警察を辞めたのだ。警察にいればそれだけ情報も集まるだろうが、同時に自分たちの行動が筒抜けになってしまう恐れがあった。もし警察内部に犯人がいたとしたら人香の許に一生辿り着けない気がする。

若葉が中から警察を探り、巻矢が外から警察を突《つつ》く――それが理想的な形だと思っている。しかし、若葉の先ほどの態度を見るかぎり協力関係を敷くところからして難しそうである。

「若ちゃん、怒ってましたね」

「俺とあいつは昔からあんなんだ。決しておまえのせいじゃない」

先回りして否定する。やはり責任を感じていたらしく困ったように肩を竦めた。

「ほかにもいっぱいいろんなひとに迷惑を掛けているのでしょうね。皆とお話しできたらいいのに」

「そうだな」

そうだなとしか言えない。人香の声を聞くことができるのは現状巻矢だけである。

人香が生きていると信じているひとに、人香の言葉を交霊術の真似事みたく伝えようものなら烈火の如《ごと》く怒るだろう。若葉相手だったら殺されかねない。

でも、だからこそ、皆に声が届けばいいとはどうしても思えなかった。

こんな思いをするのは俺ひとりだけで十分だ。

そうとも――。

「私を探すというのならそれこそこんな冤罪に付き合っている場合じゃありません」

「わかってる。悪かった。目が覚めたよ」

やるべきことにのみ意識を集中した瞬間、口許に笑みが浮かんだ。

確かに、こんなつまらないことにかかずらわっている場合じゃない。

第四話　実行犯と傍観者

―二月三日〜四月一日―

二月三日――。

すっかり日が沈んだ午後六時。

警察署にて『手帳紛失事件』を解決した後、駅周辺の繁華街に向かった。

渡辺から聞かされた情報を基に駅裏のホテル街までやってくる。話に聞いたとおりラブホテルが建ち並んでいた。煌《きら》びやかなネオンの明かりに反して道行く人影は皆無だった。

「ホテル『フェアリーテイル』……ここか？」

スマホのマップ機能を確認しながら一棟の建物を見上げた。指定暴力団・広田組事務所の真裏のホテルという話だったが、思っていたより真新しい外観だ。それもかなりでかい。渡辺は寂れた古いラブホテルだと言っていたように思うのだが。

「二年の間に改築したんでしょうか」

人香の記憶にも引っ掛からなかった。そもそもここを訪れたことすら覚えていないので建物の変化に気づけるわけもなかった。

最近ではカップルだけに限らず女子会などにも使えるラブホテルが急増しているという。レジャーホテルという分類らしいが、ここもそうなのかもしれない。

外観はどうでもいい。ホテルは確かにあった。あとは人香が出入りしたとする証拠なり可能性を摑むだけだ。しかし。

「見れば見るほど私には縁遠い場所ですよね」

「捜査の一環だとしたらどうだ？」

「私は交番勤務のお巡りさんですよ？　何しに来るっていうんです？」

「応援に駆り出されることくらいあるだろ。たとえば広田組の見張りとか」

言いながら、それはないな、と思いなおす。見張るにしても事務所の真裏からでは出入り口は見えないし、事務所内部を見ようと思ってもホテルのどの部屋から見張るのが適切なのかもわからない。そもそも、このホテルにそんな用途があれば刑事課の渡辺なら思いつくはずだし、刑事課が知らないことを当時の人香が知っていたとは思えない。

「指名手配犯が入っていくのが見えたので追いかけた、というのはどうでしょう？」

「それはもっとありえなくないか？　おまえは自分というものを弁《わきま》えている。犯人を一人で制圧、確保しようなんていう発想はない」

「う、確かに」

「やるなら外でホテルの入り口を見張りつつ応援を要請するくらいだろう」

ラブホに入ったのが事実として、その理由が業務上でも性サービス的なものでもないとすると、あと考えられるのは一つだけ。

「若葉が見知らぬ男と入っていったので堪らず後をつけて」

「巻矢、本気で怒りますよ？」

本気で怒られそうなのでやめておく。最もありえなさそうなことだからこその冗談だ。

「でも、知り合いを追いかけてってことならあるんじゃないか？　それか、応援を呼ぶでもなく自分一人で何とかできそうな事態なら突っ走っていきそうだ」

「……それも確かに。しかし、どういう状況ですかね、それ？」

「明らかに嫌がっている女性を引っ張り込もうとしている男を見かねて、とか？」

「利用料金を踏み倒そうとしているカップルとホテル側の喧嘩を仲裁しようとして、とかですか？」

……それらが翌日の失踪に繋がるとは到底思えない。その場で収まりそうな揉め事ではなく、継続性を考慮するならやはり知り合いが関わっていそうだ。

道端であれこれ思案していると、ホテルから男が出てきた。一人だ。後から女性が遅れて出てくる様子はない。でっぷりとした中年の後ろ姿が駅改札方面に向かって遠ざかっていく。その顔に見覚えがあった。つい数時間前に見た顔。あの男は確か、土地再開発反対運動を行っている団体の代表だ。

揉め事を煽るエキスパート。おそらく本人も暴力団の一員。

「……」

「巻矢？　あの男性がどうかしましたか？　――え⁉　ちょっと巻矢⁉」

走りだす。ホテルの入り口に向かって。泡を食った人香が何事かと付いてくる。説明するのももどかしく、エントランス部分に到着する。そこはクルマ一台分の幅があるピロティで、吹き抜けの先は屋外駐車場だった。外観ばかり見ていたので騙された。

このホテルは建物の奥行きが狭く裏の駐車場が敷地の半分以上を占めていた。

「もしかしたら、おまえはホテルじゃなくて駐車場に入っていったんじゃないか？」

駐車してあるクルマの間を縫うようにして走る。突き当たりに近づくにつれ、直感的に閃いた思考が確信へと変わっていく。

銀色の金網フェンスが隣接する裏手の敷地を隔てていた。しかし、一番端のフェンスには人為的に開けたとしか思えない真四角の穴があった。また、フェンスとの幅ギリギリのところに黒色のバンが停まっており、車体は薄っすらと土埃《つちぼこり》で汚れていた。

おそらくこのバンは常時ここに停まっていて、この抜け穴の目隠しをしていた。

この穴を潜《くぐ》ると、隣の敷地の雑居ビルの裏口にすんなり辿り着ける。すなわち。

「誰にも見られることなく広田組事務所に出入りすることができるな」

人香は目を丸くしている。

「巻矢、どうしてわかったんですか？」

「いやなに、さっきホテルから出てきたおっさんが土地再開発反対運動の団体の代表で、ヤクザの関係者だって知っていたんだ。反対運動は、構図としては一般市民と行政の対立だ。仮にもお上の横暴に反旗を翻す市民の代表が、まさか反社の一員だったとしたらどうなる？　反対運動に大義はなくなり、団体にも示しが付かなくなるだろ。そういう意味でも、きっとあのおっさんは世間向けの真っ当な肩書きを持っているはずなんだ。そうすると、ヤクザの事務所には正面から堂々と入りづらい」

ホテルの立地と、代表の立場。さらに、ホテルを利用したふうもなく敷地から出てきたとなれば――事務所への通り道に利用しているのではないかと思いついたのだ。

何もその用途は通り道だけではあるまい。警察が家宅捜索に踏み入ったときの逃げ道という側面もある。または、他組織との抗争の際の避難経路か。

「俺はさっきのおっさんの素性を知っていたから思いついた」

「はい」

「人香。ここに広田組事務所があることは知っていたよな？」

「もちろんです。警戒度レベルが最も高いトラブルの種ですからね。組対でなくても暴力団のアジトくらい頭に入っています」

「たとえばもし知り合いが一人でホテルに入っていくのを見たとして、おまえはこの抜け道の存在に気がつけたと思うか？」

人香はじっくりと考えてから、答えた。

「人によるとしか言えません」

「そうか。まあ、そうだよな」

「ですが、明らかにラブホテルとミスマッチのひとが一人でここに入っていったのなら、興味本位で尾行するかもしれません」

抜け道の発想はなくとも、最終的に抜け道を発見する可能性はある。そして、繋がっている雑居ビルに暴力団事務所が入っていることを知っているので、その人物がどういう意図でこの抜け道を使ったのか察することはできるはず。

人香は知り合いの暗部に気づいてしまったのかもしれない。

その人物こそが人香失踪に関与している可能性が高い。

「そしてそいつは、警察関係者だ」

人香の知り合いで暴力団との関係を秘匿したい人間なんて限られる。さらに、代表のおっさんと同じ抜け道を使っていたことから団体とも関係する人物、も付け加えよう。そう多くはいないはずだ。

「巻矢、私は」

お互いに息を呑《の》む。体がにわかに震えだす。武者震いだろう。

「次に何を調べるべきか見えた。たぶん、真相は近いぞ」

声まで震えた。人香は黙って頷いた。

＊　＊　＊

二月五日――。

午後二時。市内にある某カレーチェーン店に巻矢の姿はあった。形だけのオーダーでテーブルにはカレーライスの盛り皿が二つ並んでいる。手付かずのそれらはすっかり冷めていた。

今日は人香とは別行動を取っているので供物ではない。人香は今ごろ街をぶらついていることだろう。散歩はあいつの趣味だが、ついでに探偵の仕事になりそうな取り憑ける人間を探して回っていた。そんな人間は大体報酬が少ないので、正直、ありがた迷惑でしかないのだが。

巻矢のほうも仕事ではない。むしろ、依頼人としてやってきた。

「食べないのか？」

対面に座る金髪の若い男に訊くと、わずかに首を動かした。首肯とも否定とも取れない首の振り。

「はい。……まあ、そうですよね」

ぼそぼそと話す。カレー皿を見下ろすだけでやはり食べようとはしなかった。

巻矢は昼食を食べた後に待ち合わせ場所を指定されたのですでに食欲がなかったが、指定してきた側が口をつけないのはどういう了見だろう。いらないという巻矢を押し切って二皿注文したくせに自分自身もスプーンを手に取ることさえしない。食欲がないのだろうか？　だったらなぜこの店を指定したのだろう？　訊いても、「はあ」とか「まあ」としか答えない。

相変わらず摑めないやつだ。

「しっかりしてくれ。無駄足とか勘弁してほしいんだが」

「仕事はきっちりしますよ」

はっきりと口にし、ボーっとした表情も一瞬だけ引き締まった。摑めないやつだが、仕事においては信頼できるし、いい仕事をしてくれれば多少の奇行もある程度は目を瞑《つぶ》れる。

男の名前は乾《いぬい》。警察の子飼いの情報屋――『エス』だ。いくつもの詐欺グループを渡り歩いてきたその道のプロで、一度警察に逮捕されそうになった際に仲間を売ったことからエスの顔を持つようになった。業界内でエスになったことは知られていないようで、今でも警察に協力しつつきっちり詐欺も働いているという悪党である。

現役時代に知り合ったエスは何人かいるが、今でも付き合いがあるのはこの乾だけである。

「知りたいことがある。金は弾む」

蛇の道は蛇。たとえ犯罪の系統は違っても、暴力団広田組を元締めに頂いている犯罪グループの情報は流れてくるはず。乾にはそこを期待して今回協力を要請した。

金と聞いて乾の目が光った。

「今回から内容の濃淡に関わらず五十万円頂きます」

「……吹っ掛けてくるじゃないか。いつもだったら高くて三万円くらいだろ」

「警察じゃない巻矢さんに安値で情報を売っても見返りがありませんからね。罪を見逃してもらえるからエスなんてヨゴレやれてんです。仲間を売るのは命懸けなんでそんくらい頂かないと割に合いません」

犯罪者が何を、と怒りたいところをぐっと堪える。その犯罪者を利用しようとしている巻矢に怒る資格はない。それに、乾の言い分ももっともだ。

「わかった。五十万だな」

「本日付で送金してください。でないと次回から協力しません」

「足元見やがって」

乾の情報源は確かだし、乾自身も精査した上で情報を流すので正確だ。正直、乾以上のエスはそうはいない。手放すのが惜しいと思うくらいには。

くそ。この出費で貯金がパーだ。明日からもやし生活か。

「聞きたいことってのは警察とヤクザの癒着だ。広田組の事務所に出入りしている警察官を知っているなら教えてくれ」

乾は怪訝《けげん》そうな顔をした。

「そんなのいつものことでしょ？　マル暴は担当替えしたら組に挨拶に行くものって聞いたことありますよ」

「防犯のためにってのと、街中でかち合ったときに揉めないよう顔合わせしておくんだよ。公衆の面前で揉めても引き際を取り決めておけばお互いに面子が保たれるからな」

「馬鹿みたいですよね。そんなふうに面通しまでしておいて、結局、逮捕されるのは俺たちみたいな下っ端だけなんだ」

「警察とヤクザは表と裏で治安を維持しているからな。通じるもんがあるんだろ。って、俺がしたいのはそんな上辺の話じゃない。もっと深いところでの繋がりだ」

「俺たちみたいな情報屋を飼うみたいなことじゃなく？」

「そうだ。がっつり犯罪に加担している警察官がいないかどうかだ」

乾は腕を組み、再度カレー皿をじっと眺めた。視界の隅でウェイターがテーブルの様子を窺っているのが見えた。空いた皿を下げようとしたものの一切手をつけていない料理に気づいて困惑した様子である。

「ざっくりしすぎていますね。犯罪に加担している警察官なんてごまんといます」

思わず二度見するように視線を戻してしまった。

「マジか？」

「犯罪の規模は大小さまざまですけど。大きいので言えば、押収した覚せい剤を横流ししている警察官がいるというのはこの界隈では割と有名な話です」

動揺して体が撥ねた。その反応を意外に感じたのか乾は心なし目を見開いた。

「最近も広田組の息が掛かった密売グループが摘発されましたが、そのとき押収された覚せい剤も何割かは今ごろよそで出回っていますよ。広田組は足がついたグループを切り捨てるだけで済み、警察はそいつらを捕まえて面目を保てる。いいシステムじゃないですか」

何でもないことのように言うが、巻矢には衝撃的だった。昔のように警察官は全員が全員正義を志しているなどという幻想はもう抱いていないし、不正する不良警官がいることもすでに飲み込んでいる。だが、それはあくまで外の話だと思っていた。そして、個人の話だとも。

押収した覚せい剤の管理は事件担当課が引き受ける。違法薬物であるし事件の証拠物件でもあるので保管は厳重になされる。横流ししようにも簡単にできるものではない。しかし、個人が無理でも組織ぐるみなら。しかも、警察署内というある意味密室でなら誰に咎《とが》められることなく持ち出せる。

俺の知らないところで犯罪が行われていたというのか。

「関わっている人間はそう多くないと思いますけど」

ぽつり、と乾が言った。

「え？」

「巻矢さんのその信じられないって顔見てていつも思うんですけど、警察官ってどいつもこいつもひとが好いですよね。マル暴とか特殊犯罪の刑事さんたちはそうでもないけど、大体のひとは犯罪者にも良心はあるんだって思ってる。その甘さに付け込んで再犯繰り返すやつがほとんどだっていうのに、最後まで更生できると信じているんです。馬鹿ですよ。そんなわけないじゃないですか。きっと身内に犯罪者がいるなんて考えもしないんでしょうね。馬鹿だから」

組織ぐるみのわけがない。個人の仕業にも気づかない間抜け集団がおまえらだ、と乾は嘲弄した。馬鹿にされたのに、そうかもな、と巻矢も笑った。真偽はともかく犯罪者集団より間抜けな集団のほうがいくらかマシである。

よっぽど情けない顔をしていたのだろう、乾はさらに続けた。

「別に根拠もなく言ってるわけじゃないですよ。警察がまんまグルなら売人が捕まったときに広田組の名前が出てくるはずないですもん。広田組としちゃあマイナスでしょ？　そんなの」

「悪名は無名に勝るって言うじゃないか。何の悪事も働いていなかったらヤクザも界隈で舐められるだろ」

「それならそれで別に遣り様はあります。それに、規制が強化されて困るのはヤクザだけです。警察官が犯罪に加担するっていっても、ヘマしたときの手打ちの仕方を取り決めておく程度のことだと思いますよ」

それが覚せい剤の何割かの返納ということか。そしてそれは金か女で買収された警察官が単独で行っている。

「まあ、挨拶以外に広田組を訪問する警察官なんて運び屋くらいじゃないですか、って話ですよ」

脱線した話を元に戻してそう締めくくった。乾の不器用な気遣いに強張っていた肩から力が抜けた。

ひとまず今後の方針が決まった。大福か村治辺りに頼んで保管した覚せい剤の量が減っていないか確認してもらおう。不正が発覚すれば警察だって黙っているわけにいかないはず。この際巻き込んでもいいだろう。

「そうか。助かった。ありがとう」

「……」

席を立ちかけたとき、乾が口を開いた。

「別にこんなの、この界隈では有名な話です。って、さっき言いましたよね」

「ん？」

「俺じゃなくても探れば手に入ったかもしれない情報ですよ。こんなんじゃ仕事した気になりません。巻矢さん、ここの支払い持ってくれるならもう少しまともな情報あげますよ」

「……いいのか？」

「商売ですから。五十万に見合うモン与えないと次も使ってくれないでしょ？」

そんなつもりはなかったが、言われてみれば。次回からは前段で金と情報を天秤《てんびん》に掛けることくらいはしそうである。

巻矢も自覚していることだが、エスを利用することへの後ろ暗さからか乾に対してどうにも遠慮がちになってしまう。もっと強引に従えようとすると自分まで犯罪者になってしまう気がして尻込みしてしまうのだ。

乾は危ないところだったと言いたげに溜め息を吐く。

「実は、巻矢さんと同じようなことを調べている警察官がいるんですよ。結構前から利用してもらってます」

「何だ、もうすでに警察は動いていたのか。さすがだな。組対か？　それとも麻取《マトリ》？」

「それが変わっているんですよ。そのひと、不正警官を探っているんじゃなく、この件を探っている人間がいたら知らせてくれって言うんです。今で言えば巻矢さんのことですね」

「どういうことだ？」

「さあ？　俺を頼る刑事は強行犯係や公安課がほとんどです。地域課の課長に情報提供を求められたのなんて初めてですよ」

「……」

「お役に立ちますか？　ちなみに、巻矢さんの名前はそのひとにお伝えしますけどいいですよね？　一応、金貰っているんで」

「名前をか？」

「はい。情報を過不足なくしっかり渡してこそのプロですんで」

乾はそう言うと薄っすら笑った。過不足なく――つまり、そいつの話を巻矢にしたことは伏せてくれるということだ。つくづく人が好い。まあ、乾からしたらプロ意識の問題であって巻矢に忖度《そんたく》したわけじゃないのだろうけど。感謝の言葉を口にしようものならまた馬鹿にされそうだ。

「また連絡する」

「毎度どうも」

伝票を持って立ち上がったとき、信じられない光景を目の当たりにした。

乾が冷め切ったカレーを食べ始めたのだ。唖然として見ていると、不機嫌そうに睨まれた。訊いてもいないのに、聞きたかったことを的確に答えた。

「猫舌なんで。あと、冷たいカレーが好きなんですよ」

「……二皿食べるのか？」

「巻矢さん、いらないって言ったじゃないですか。あげませんよ」

摑めない。こいつだけは。

だが、どこか人香に通じるものがある気がした。

＊

同日。夕方。

大福はその日、巻矢が情報屋の乾に五十万円を支払っていることなど露知らず、警務課のオフィスで外部委託用のどの仕事を巻矢に振ろうか考えていた。専門的な工事や作業の際にはヘルプ要員としてねじ込んでいるが、その際に支払う賃金は子供のお小遣いかというほど安く、むしろ起用したら関わった事業者全員が損をする形になりかねず、頭を抱えた。巻矢の使いどころは事件の捜査並みに難しい。

かといって、放っておくのはうまくない。探偵の巻矢は元同僚で気の置けない仲であり、多少の無茶も時には引き受けてくれる非常に便利な人材だ。いつ訪れるとも知れない緊急事態に備えてできるだけ恩を売っておきたい。ただ情けだけで仕事を回しているわけではないのだ。

友達に対して冷たくないかと思われそうだが、友情よりも打算で動いているほうがかえって巻矢を助けていた。警察に迷惑を掛けておいて仕事を貰っているという負い目を、負担が増すことで払拭できているのだから。持ちつ持たれつの関係を気に入っているのはむしろ巻矢のほうだと言える。

とはいえ、金にならず時間を食うだけの労働では長続きしない。探偵業の一番の長所は時間に囚われないことだ。いつでも稼働できるその強みを潰すことだけは絶対にしてはならない。そういった面に配慮したとき、希望に適《かな》う仕事の選別は千ピース級のパズルを組み立てるかの如く毎度頭を悩ますのであった。

そのとき、プライベート用のスマホに着信があった。まさかテレパシーでもあるまいに、まさに悩みの種の当事者からだった。

「マッキー？　珍しいね。そっちから連絡寄越すなんて。んえ？　覚せい剤がどうしたって？」

押収した覚せい剤が減っていないかどうか確認してほしいと頼まれた。――いや、無理だから。僕は単なる行政職員。事件に関わる権限はない。

「うん。村治さんにお願いしたほうが確実だと思うよ。用件はそれだけ？　え？　篠田さん？　うん。今でも地域課の課長だよ。それがどうしたの？」

なぜか黙りこくる巻矢。何だろう。課長との間に何かあったのだろうか。

課長の様子を教えてほしいと言うので、自宅を改装増築した話や息子夫婦と一緒に暮らし始めたという話をした。ずいぶん景気の良いことで羨ましいやら話しているほうも嬉しくなる。本人に直接訊けばいいのにと思わなくもなかったが、巻矢は「助かった」と言って通話を切った。巻矢が「助かった」と言うときは、その情報が本当に役に立ったときだけだ。彼の中で何か納得のいく答えを得られたに違いない。

コレも貸しってことにできるかな。しばらく仕事を振らなくてもいいかな、いいよね、などと勝手に決めていると握っていたスマホにまたもや着信があった。

非通知表示に嫌な予感しかしない。土地再開発反対運動団体の誰かだろう。最近はそっち関係のひとから融通の催促が多くて困る。

大福は席を立ち、誰にも聞かれない場所まで移動すると通話ボタンをタップした。

＊

さらに同日。午後七時。

村治はひとり駐車場の隅の暗がりで寒風に身を震わせながら煙草を吸っていた。屋内全面禁煙となって久しく、玄関前にあった灰皿もいつしか人目に付かない駐車場脇のさらに奥まで追いやられた。以前は愛煙家仲間だった巻矢が付き合ってくれていたが、やつが辞めてからはこうして一人で煙を吐いていることが多くなった。虚《むな》しい。だがやめられない。いずれ来る敷地内全面禁煙の決定に早くも戦々恐々とした。子供ができるまではと思っていたが、辞め時はそれより早く訪れそうだ。疲れた体を癒《いや》すのは睡眠と煙草だけだというのに。

くたびれた背広のポケットからスマホを取り出す。着信履歴を開くと、連続する妻の名前の合間に『巻矢』が何件か現れる。あいつが短時間の間に電話してくるのは珍しく、そのため緊急性を感じ取った。折り返して頼まれたことは押収した覚せい剤についての調査だった。巻矢自身まだ確信がないのか詳細はぼかしていたが、さすがにピンときた。巻矢は保管している薬物が警察官によって横流しされている可能性を疑っているのだ。

そんな馬鹿なと思った。だが、時間が経つにつれてその可能性もゼロではないと思い始めた。調べてみる価値はありそうだ。

しかしそれは身内を疑う行為でもある。なかなか気は進まないし、今から行ってすぐに詳《つまび》らかにできることでもない。

覚せい剤のような違法薬物は特殊物件保管庫に厳重に保管されている。そこからブツを簡単に抜き取れるような相手なら確実に予防線を張っている。こちらが調べていることに勘付かれたら終わりだ。二度と犯行に及ばなくなるし、すぐさま証拠隠滅に走るはず。しかも、敵が誰で何人いるのかすらわからない。証拠を突き止めるまでは慎重に調査する必要がある。

「はあ、いつになったら家に帰れるんだろ、俺」

いま抱えている事案は近年稀《まれ》に見るほどの凶悪事件だという確信があり、そのため一時も油断ならない状態が続いていた。容疑者の動向をチーム内で二十四時間体制で監視している。去年の秋からだ。追い詰めているという実感が村治にはあり、今が正念場であることはチームの誰もが感じている。

ほかのことに気を回している余裕はなかった。

「ああ、やっぱりここにいた。村治さん、朗報です。ついに裏が取れました！」

渡辺が意気揚々と走ってきた。同じ捜査班でバディを組まされているのに、見るからにやつれている村治と違い渡辺の肌にはまだまだツヤがあり、本人にも活力が漲《みなぎ》っていた。これが若さか。十五の歳の差が若干恨めしくなる。

はっとする。渡辺の発言を一拍遅れて理解すると弾《はじ》けるように顔を上げた。

「裏が取れたか⁉」

「はい！　やっぱり店長に口裏を合わせるように脅されていました。しかも、結構な額の金も握らされていたみたいで引くに引けなくなったって感じですね。村治さんの予想したとおりでした！」

息を弾ませる渡辺の口許には笑みが浮かんでいた。村治もおそらく同じような顔をしているはずだ。

発端は去年の夏だった。薄明町《はくめいちょう》のとあるパソコンショップで、大学生のアルバイト従業員が売上金の三百万円を盗んで失踪した。従業員の行方は現在も杳《よう》として知れず、店側は従業員の家族に弁護士とともに押しかけ損害賠償を請求。拒否すれば息子の将来に瑕《きず》がつくなどと脅し、計四百万円を支払わせた。後に不審に思った家族が警察に通報し、事件は発覚。警察は従業員の失踪にパソコンショップ店長夫婦が関与しているものと見て捜査を開始した。この事件を『パソコンショップ従業員失踪事件』と呼称した。

聴き取りしたのは五年前に同パソコンショップで働いていた元大学生で、当時も同様の事件があったことをこのほど白状したのである。

「手口も同じでした！　常習だったんすよ！　過去遡ればもっとあるかもしれません！」

「そいつ、店長夫婦がやらかしたことについては何か言ってたか？」

「いえ、失踪に関することは何も知りませんでした。でも、失踪時の夫婦のアリバイはこれで崩れました！　まず間違いなく店長夫婦が従業員失踪に関わっています！でなかったら何で金摑ませてまでアリバイを偽装したのかって話になりますもんね！」

「でかした！　そこを突いていくぞ！　絶対に逃がすなよ！」

「はい！」

このときが刑事をしていて一番高揚する瞬間だった。凶悪犯の逃げ道を塞ぎ、追い詰め、狩る瞬間が迫っているこの緊迫した空気が眠っていた獣性を刺激する。これまでの疲れなど一気に吹っ飛んだ。万能感にも支配される。何でもできる、やってやるぞと活力が湧いてくるのだ。十は若返った気分だ。

反面、仲間を疑うような事件ではこうはならない。『手帳紛失事件』然り。犯人を追い詰めるなら見知らぬ他人がいいに決まっている。

巻矢には悪いがそっちは後回しにさせてもらおう。

＊　＊　＊

二月十四日――。

初めて訪れた探偵事務所は従兄の実家の部屋を彷彿《ほうふつ》とさせた。テーブルとソファとテレビと観葉植物――だけ。思いつくかぎりの普通の調度品を取り揃えたというような面白みのないリビング。客対応することを考えると無難な造りだと思うが、昔のケンを知っていればむしろ頑張ったほうだと思う。完全プライベート空間である寝室はこれ以上に無味乾燥なはずだ。それでこそ巻矢健太郎だという気はするけれど、やっぱりその姿勢は気に入らない。

若葉は従兄で幼馴染みの巻矢が嫌いだった。彼の優秀さに嫉妬してライバル心を燃やしていたが、それだけではない。巻矢の言動がいちいち鼻につくのだ。情熱やこだわりなんてないくせにある程度のことは何でもこなせてしまう器用さは、腹立たしいが、才能の有無までは責められない。巻矢自身もやるからには努力は惜しまないタチであるし、頑張りが報われて至った成果に対してまで文句を言うつもりはない。

気に入らないのはその飽きっぽい性格だ。勉強もスポーツも平均点以上の成績を叩き出すくせにいつもつまらなげで、それより上を目指すことなく中途半端なところで簡単にやめていく。毎度、追いつく前に目標を見失う若葉からしたらいい迷惑だった。それに、本気で打ち込んでいるひとを尻目にさっさとやめていく姿は見ていて不快だった。しかもそのひとたちより好成績を収めておいてだ。嫌みにも程がある。その度に「私が負かしてやる！」と意地になって追いかけた。

人香がいなくなって警察を辞めたときなどは殺意が湧いた。人香を探すためだとか言っているけど絶対に嘘。単に仕事に飽きたから辞めたのだ。担当する事件があったのに。遺族も被害者もいたのに。そんなものはどうでもいいとあっさり警察を辞職した。デリカシーがなさすぎると思った。神経を疑うレベルだ。そして、その口実に人香を使われたことが最も許せなかった。

探偵業だってどうせあと少しもすれば廃業するに違いない。そうやって疑っていると、無難な造りのリビングも看板を架け替えることを前提にした居抜きしやすいデザインなのではないかという気がしてくる。さすがにそれは穿《うが》った見方だろうか。でも、情熱もこだわりもないことだけは確かである。

巻矢は秘密道具を使ってケーキの箱の中身を調べると言いリビングを出て行った。秘密道具？　ばっかじゃないの。どうせ力業でこじ開けるつもりだろう。湊は十中八九着ぐるみ側の協力者であるし、だとすれば箱の中身が爆弾である可能性はほぼゼロだ。本当は若葉も立ち会うべきだが、「企業秘密だ」とか面倒くさいことまで言い出したので、もう任せてもいいかと思ってしまった。何だかんだと巻矢を信用している自分が癪だった。

警察署に連絡し、電話を受けた課長に遅刻の事由と現在の状況を簡単に説明した。

『脅迫状には巻矢の名前が書かれているんだよな？　だったら丁度いい。巻矢も警察署に連れてこい。話がある』

「？　連行するつもりでしたからいいですけど。話って別件ですか？」

課長は電話越しにもわかるくらい声をひそめた。

『確認したいことがあってな。いずれ寺脇にも説明する。だから、勇み足で巻矢に詰め寄るなよ。あいつ、おまえには甘いんだから。じゃあ後でな』

通話が切れたスマホをじっと眺めた。巻矢が若葉に甘い？　若葉がワガママを言い、巻矢が毎度折れてやっているかのような言い草にカチンとくる。甘いんじゃない。口で負かしているのだ。そのような評価を受けるのは不本意である。

それにしても——課長のあの神妙そうな態度は何だ。またぞろ巻矢が何かしでかしたか。詰め寄るなと言われたのでもう訊くことはしないが、注視しておくべきかもしれない。

湊の保護者にも連絡を入れタクシーを呼ぶ。巻矢が籠もったと思しき部屋のドアをノックしようと拳を持ち上げた。

「中身はケーキだけか？」

「はい。メッセージカードも、文字が書かれた板チョコもありませんでした」

中から話し声が聞こえた。

ケンと——誰？

声がくぐもっていたのはドア越しだったからだけではない。巻矢の声よりももっと遠くから聞こえた。スマホのスピーカーから出た声だろうか。

ノックする。まもなく内側からドアが開いた。若葉は巻矢の背後に見える部屋の隅々まで目を配った。――やっぱり誰もいない。

「終わった？」

「ああ。ケーキ以外何も入っていなかった」

「あっそう。……誰と電話してたの？」

「独り言だよ。考えるときの癖なんだ」

独り言？　でも、声音が明らかに違った。テンポといい二人の人間による会話にしか聞こえなかった。しかし、巻矢はスマホを開いていないし、もちろんほかにひとの気配はない。

空耳だった？

でも――。

どこかで聞いた声だった。


湊を残し、一人で事務所を後にする。どうせ後で警察署で顔を突き合わせることになるのに、若葉は玄関扉を振り返らずにいられなかった。課長に止められていなければ無理やりにでも吐かせたいところである。

――ケン。あんた、何隠しているわけ？

＊　＊　＊

三月一日――。

午後九時。廃ビルから連行され、パトカー車内でも何度も繰り返し経緯を説明したのに、さらに事情聴取は続いていた。取調室には入れ替わり立ち代わり各部署の人間が顔を覗かせにやってきた。巻矢が捕まったと聞いて明らかに面白がっている刑事が何人かいたが、三人もの人間が殺害された事件とあっては警察署全体も本気にならざるを得ない。

すぐさま捜査本部が立ち上がると主任には村治が抜擢《ばってき》された。

今、取調室には巻矢に担当官の村治、記録係の渡辺、そして二人の目には見えないが人香を含めた四人がいた。

村治が同情するように口にした。

「何度も説明しているのはわかっている。だが、これも捜査のうちだ。面倒くさいだろうが今日のことを頭からもう一度話してくれないか」

巻矢は伏せていた顔を上げると、上目遣いに村治を見た。

「パソコンショップの案件、あれどうなりました？」

いきなり話が脱線して村治は眉をひそめた。

『着ぐるみホールケーキ事件』の日、警察署に呼び出された巻矢と刑事課課長と三人で『覚せい剤横領疑惑』の件について意見交換をした。組織犯罪対策課に確認させると確かに押収した覚せい剤の六割ほどが紛失しており、巻矢の情報の出処や横領の手口などを話し合った。

そのとき、『パソコンショップ従業員失踪事件』の捜査が難航していることを説明した。パソコンショップの店長に五年前に働いていた元従業員の証言を突きつけても態度を変えなかったのだ。証言だけでは足りない。決定的な証拠が必要だった。捜査は振り出しに戻り証拠集めに奔走していた。横領疑惑を後回しにするしかなく、巻矢に詫《わ》びたのである。

進展がない焦りもあり、いま蒸し返されるのも面白くなかった。村治は知らず奥歯を強く噛んだ。

村治の微妙な気配を感じ取ったのか、渡辺が慌てて差し出口をきいた。

「巻矢先輩、関係ない話は……。それに、外部のひとにそんなの教えられるわけ」

「待て。それはいま必要な話か？」

巻矢が余計なことを言うとは思えない。瞬時に考えを改めて巻矢を見た。

巻矢は小さく頷いた。

「村治さんが忙しいのを知っていたのに、俺は自分の都合ばっか押し付けていました。反省してます。だから、俺は俺で村治さんの手伝いができないかと考えました。村治さんのほうの事件が片付けば俺の手伝いにも本腰入れてくれるだろうって打算もありましたけど。そんなわけで、まあ、俺なりに調べてみようって思ったんです。正直、そのときまで事件の概要も、容疑者であるパソコンショップの店長夫婦の名前も知りませんでした」

話がどこへ向かおうとしているのか。村治と渡辺は目を見合わせて巻矢の次の言葉を待った。

巻矢の視線が宙に向けられる。机の上に浮かぶ人香が一つ頷いた。

「店長夫婦の名前を見て、俺はその名前に見覚えがありました。最近、ある調査で土地再開発反対運動について徹底的に調べていたんですが、運動団体の後援者に同じ名前があったのに気づいたんです」

団体は支援金を集めるためにホームページを作っており、そこには別の賛同団体や企業、個人名などが列記されていた。その中に知り合いがいないかと人香に一つ一つ確認させていたとき、「あ、この名前って確か村治さんが追っている事件の容疑者ではないですか？」と人香が気づいたのだ。

渡辺が、あっ、と口にした。

「そういえば、店長が失踪した従業員宅に連れて行った弁護士も確か団体の顧問弁護士の一人だったと思います。といってもいくつも抱えている顧問先の一つだし、団体にも何人か弁護士が関わっていますから、特別問題視していませんでしたが」

渡辺の解説が加わり、いよいよ話の焦点は今回の『廃ビル三人殺害事件』から逸れていく。

「弁護士の繋がりで支援者に回ったとも考えられますが、しかし、パソコンショップがあるのは薄明町です。再開発の土地から結構離れています。当事者でもないのにどうして再開発反対に賛同しているのでしょうか」

どうして、と疑問符を投げかけられても。村治は首をかしげることしかできない。いま巻矢が言ったとおり、ただの縁故という気がする。それの何が問題なのか。

「失踪といえば、俺が監禁されたあの廃ビル。あそこはかつて『連続女性暴行監禁事件』の現場です。被害者の関係者と思しき人物、次郎丸によって首謀者で元少年の三人が殺されました。俺はその容疑で捕まっているわけですが」

自嘲して笑ったが、巻矢以外誰も笑わなかった。

「当時監禁されていた少女たちですが、元々は家出して行き場がなく、衣食住を提供してもらう代わりに客を取ったというのがあの事件の発端でした。売春宿を管理していた三人組は捕まり、彼女たちは全員無事保護されました。……この『全員』とは一体何の数を指しているんでしょう。捜索願を出されていた少女全員ですか？　違いますよね？　警察が踏み込んだときにいた人数です。被害を受けた女性の総数じゃない。もし暴行被害を受けていて、なおかつ保護されなかったひとがいたとしたら、そのひとは今どこにいるんでしょうか」

巻矢は一旦深く息を吸い込んだ。

「監禁されていたとき再開発反対運動のシュプレヒコールが聞こえてきました。割と近くだったんで、そのとき気づいたんです。ああ、ここの土地も再開発の予定地に入っているんだなって。しかし、どうでしょう。廃ビルは老朽化が酷《ひど》いし、何より地域住民も目を覆いたくなるような監禁事件があった建物だ。解体を望む声も多い。それに土地の所有者からすれば再開発して新たに建つ箱の床を得るなり高額で買収させたほうがお得なはず。建物に愛着があるから？　騒ぎ立てているのは一部の活動家だけ。

それもよその土地の人間ばかりが散見される。愛着があるとは思えない。ちなみに、廃ビルを含んだ周辺の土地の区分所有者のほとんどが広田組の関係者でした。反対運動が激化して再開発が頓挫したら損をするのはやつらのほうだ。なのになぜ。……そんなに犯罪の温床となった廃ビルの存在は美味しいんですかね。今やもう裏取引場所くらいにしか利用されない廃ビルが」

「巻矢、何が言いたい？」

唇がかさかさに乾く。村治も、渡辺も、もう予感があった。

「今回の三人殺害事件に広田組はおそらく関与していない。次郎丸の個人的な復讐劇だからだ。そこを利用しましょう。家宅捜索するんです。廃ビルの敷地内を隅々まで掘り起こしてください。あるいは建物の壁を壊してもいい。何か見つかるかもしれません」

そこからは慌ただしかった。巻矢の証言を支持し重機を入れるような大規模な捜索を提案する村治たちと、巻矢を犯人だと決めつけて捜索は必要ないと譲らない刑事らとで意見が衝突した。三人殺害事件と失踪者の探索は無関係であり、それらは捜査のかく乱を狙った巻矢の虚言かもしれず、犯行現場の実況見分で事足りるため必要性はないという主張であった。

また、仮に捜索が実現したとして、もし土地を掘り返して何も出てこなかった場合、警察の強制捜査の違法性を問われ世間からバッシングを浴びる恐れがある。村治ら以外の刑事がそのことを警戒し慎重になるのもわかる道理だった。

巻矢が釈放されたのはそれから十日後のことだった。勾留期間いっぱい使って警察官、検察官を説得した。その間にも村治たちは動いており、『パソコンショップ従業員失踪事件』の行方不明者の遺体が隠匿されている可能性と客観的な状況分析を、捜査記録と集めた供述調書を頼りに訴えた。最後は刑事課課長が裁判官に捜索の令状を求め、審査に十日かかってようやく発付に至ったのである。

捜索令状発付に際してもひと悶着《もんちゃく》あった。三人殺害事件で慌ただしかったのは警察だけではない。広田組を含む再開発反対運動の関連団体も怪しい動きを見せた。かつての『連続女性暴行監禁事件』と同様、検察と裁判所に圧力が掛かった。しかし、かつてと違うのは元少年三人の親がその圧力に加担しなかったことである。町の有力者たる彼らも我が子が絡まなければ汚職に手を染めることもない。横槍が入っても令状が発付されたのはそういった事情からであり、巻矢たちには知る由もない事柄だった。

この頃には次郎丸の存在も立証された。次郎丸が購入した菓子パン類から近隣のコンビニやスーパーといった商店の防犯カメラを徹底的に洗って次郎丸の顔を割り出した。まもなく本名も特定され、事前の浮気調査のアリバイも微弱ながら後押しとなり、巻矢は晴れて探偵事務所に戻ってこられたのだった。

＊　＊　＊

三月三十一日――。

廃ビル周辺は全国から駆けつけた報道陣と野次馬によって異様な熱気に包まれた。警察がこれほど大々的に家宅捜索することは稀なので、特にカメラマンは目隠しに囲まれたブルーシートの隙間から警察の動向を忙しなくカメラで追いかけた。

キー局の中継リポーターが興奮気味に声を上げた。

『ご覧ください。見えますでしょうか。今、ブルーシートの向こう側で多くの捜査員が何かを運搬しております。袋のようなものが見えます。ひとがすっぽり入るほどの大きさで、おそらく遺体が入っていると思われます。その数は正確に数え切れませんが、いくつもいくつも運び出されております。大量の遺体がこの廃墟《はいきょ》ビルの中から運び出されております。信じられません。これほどの数の死体遺棄事件は前代未聞ではないでしょうか。遺体の正確な数と、また遺体の身許など、警察からの発表が待たれます』

テレビの中継を人香と観ていた。思ったとおりの騒動だが、この捜索に漕《こ》ぎ着《つ》けた立役者の一人であるという高揚感は皆無だった。

夕方になってもまだ中継の熱は冷めない。そんな中、若葉から着信があった。

出ると、息を切らすような嗚咽《おえつ》が聞こえてきた。

「ひ、人香さんの、い、遺体が、見つかった、って」

それ以上言葉にならず、通話が切れた。

こうなることをなんとなく予想していたのに、やっぱり達成感も何も湧いてはこなかった。ただ虚しいと思った。

「巻矢」

人香の呼びかけに振り返る。張本人をいつまでも蚊帳の外にしておくわけにいかない。

「出掛ける。おまえの体に対面させてやるよ。月島先輩」

人香は目をわずかに見開き、静かに驚くと、

「はい」

寂しげに笑った。

＊　＊

四月一日――。

その喫茶店は警察署の近くにあるものの、利用者に警察官がほとんどいないという穴場である。大福から仕事を斡旋してもらうときは大抵ここを使う。奥のテーブル席は特に人目に付かないので密談するにはもってこいである。

彼は指定した時刻よりもだいぶ前に到着していた。時間には間に合ったのに遅れた形で現れた巻矢を、澄まし顔で迎えた。

「久しぶりかな？」

確かにご無沙汰ではあったが、それに対し挨拶を返せるほど和やかな雰囲気ではなかった。巻矢は仏頂面で対面の席に腰を下ろした。

「それで、話というのは？」

「単刀直入に言う。次郎丸を使って俺を監禁したのはあんただ」

「へえ」

彼はほのかに笑みを浮かべた。観念したようにも見えたし、面白がっているようにも見えた。ただ、その目は笑っていなかった。

「一体何の話だろう？」

「惚けるな。だが、あんたがそう言うならイチから説明してやる」

「長くなる？」

「ああ。だが、とことん付き合ってもらう。たぶんこれが最後の機会だろうしな」

そう言うと、彼は少しだけ寂しそうな顔をした。同時に、椅子の背もたれに寄りかかり聞く体勢を作った。

「そうだな。まずは俺の側の発端から話していくか。

二月三日のことだ。俺は警察署で渡辺巡査が警察手帳を紛失したっていう騒動に一枚嚙んだ。この騒動も後々関係してくるが今は置いておく。俺はそのとき渡辺から『失踪する直前の月島巡査を見た』という話を聞いた。駅裏にある『フェアリーテイル』っていうホテルに入っていくのを目撃したってな。調べてみたら、ホテルの駐車場には広田組の事務所に繋がる抜け道があった。きっと月島巡査は当時、誰かの後を追いかけてそれを発見したんだ。そして、それをきっかけに失踪した」

このタイミングで店員が水を持ってきた。店員のほうを見ずに「ブレンド一つ」と注文した。店員が遠ざかり、続きを話す。

「この『誰か』は、月島巡査の知り合いだとすると警察官の可能性が高い。情報屋の話だと押収した覚せい剤をヤクザに戻す運び屋が警察内部にはいるらしい。で、この話を俺とは別口で調査している警察官がいた。地域課の課長、篠田さんだ。でも、あのひとが調べていたのは運び屋じゃなく俺みたいに疑いを持った人間のほうで、エスを使って網を張っていたんだ。どうして捜査している側の人間を知ろうとする？　そんなの自分に疚しいことがあるからに決まっている。はっきり言えば、その運び屋こそ篠田さんだった。篠田さんがその『誰か』さんなら、直属の部下である月島巡査がホテルに入っていくその背中を追いかけたとしても不思議じゃない」

すると、黙って聞いていた彼が反論した。

「いくら地域課の課長でも押収物を持ち出すことはできない。いや、地域課の課長だからこそ不可能と言っていい」

証拠物件の保管庫の鍵は、その事件を担当する課の課長ないし指名された職員が責任者となり鍵の取扱いを任される。

今しているのは広田組に流されている覚せい剤の話である。ヤクザ絡みの事件なら組織犯罪対策課が担当する。当然、鍵の担当者は同課の刑事となる。彼の言うとおり、いくら相手が課長でも部署違いの人間に理由もなく鍵を貸すことはできない。課長であればなおのこと話が大きくなり納得のいく説明が要る。それに不正の性質上、組対にだけはバレてはならないはずだ。かといって盗み出すのも容易なことではない。

どうやって覚せい剤を運び出せる？

「九年前のことだ。俺はある事件をきっかけに篠田さんと知り合った」

若葉をストーキングしていたニセ警察官の話。人香のドジのおかげで検挙でき、しかし最後は篠田の温情で注意するに留《とど》めた事件である。大まかに概要を話した。

「あのとき俺は篠田さんを甘いと思ったんだが、反面、人情味のある警察官なんてのがドラマだけじゃなく現実にもいるんだなって感動もした。ニセ警察官のそいつが今ごろまともな職に就いていたとしたら間違いなく篠田さんのおかげだ」

巻矢はポケットからスマホを取り出し、メモ帳アプリを起動させてメモした内容に目を通した。

「ところで最近、刑事課の渡辺に過去の被服支給品明細書を調べてもらったんだ。凡年前に作成されたもので、当時の警察署長印が捺《お》されている正式なやつだ。内訳の一つにこんなものがあった。『制服上下（1）』『制帽（1）』――警察官の制服一式を新たに購入したらしい。その繰上げ支給申請書だ。申請の事由には『品質不良等による損』と記してあった。

それと、同時期に鍵の交換工事が行われている。警察署の建物は全体的に古臭い。仮眠室脇のトイレなんか前時代的すぎて利用者がほとんどいないくらいだ。予算が少ないんだろうな。リフォームする余裕がないんだろう。そんな少ない予算を削ってでも刷新する必要があったのが保管庫の鍵だ。どれくらいの頻度で交換されているのか知らないが、鍵の管理者が合鍵を作って悪用しないとも限らない。定期的に交換を行って不正を未然に防いでいるんだ。

俺は廃ビルに監禁されたとき、ふと九年前のことを思い返してみた。どういうきっかけでそれが思い浮かんだのか忘れたが『隠蔽』という単語に触発されてな、篠田さんがニセ警察官を許したのは『温情』じゃなく『隠蔽』だったんじゃないかと閃いた。そのときにはもう篠田さんのことを疑っていたから九年前のことも何か理由があったんじゃないかと考えてみた。

結論から言えば、ニセ警察官は当時の署長の息子だった。そいつが着ていた制服が本物だったのは署長が買い与えたからだ。さっきの申請書の話はここに繋がる。受験に落ちまくって傷心の息子へのちょっとしたプレゼントだったのかもしれん。ま、息子はそれを悪用して捕まっちまったわけだが。運がいいのか悪いのか、捕まえたのは篠田さんだった。

ここからは想像だが、篠田さんはこのことをネタに署長を脅迫し、交換する鍵から合鍵を作らせたんじゃないか？　合鍵さえあれば事件担当課からいちいち鍵を借りなくて済む。押収物も盗み放題だ」

もちろん憶測に過ぎないが、篠田が運び屋に一枚嚙んでいるのは乾の情報からも明らかである。状況証拠的に犯行が可能であることを立証できれば真偽のほどは今はどうでもいい。

彼の反論を潰したところで、注文したブレンドがやってきた。

十数秒間の沈黙の後、巻矢は続けた。

「情報屋の網に引っ掛かったことで、俺が運び屋の正体を探っていることを篠田さんに気づかれた。篠田さんはあんたに命令したはずだ。巻矢健太郎と警察の関係を分断しろ、みたいなことをだ。元警察官で、今でも警察関係者と付き合いがある俺がいつ告発するか気が気じゃなかったんだろう。急がせた結果、ずいぶん杜撰な手を打ってきた。

『着ぐるみホールケーキ事件』を模した脅迫。

次郎丸の復讐に便乗して俺に冤罪をなすりつけた『廃ビル三人殺害事件』。

どんなに杜撰でも穴があってもあんたは構わなかったんだろう。巻矢健太郎がトラブルメーカーだって周知させれば警察は誰も俺の声に耳を貸さなくなる。あたかも『手帳紛失事件』の被害者である渡辺のようにだ。あいつはあの一件で腫れ物のように扱われた。

湊にケーキを持たせて若葉を待ち伏せしたのは、巻矢健太郎の最大の理解者にして常に仲が悪い若葉なら愛想を尽かすと考えたから。

極めつけは、殺人犯に仕立て上げて殺害容疑での逮捕だ。さすがに俺の信用はガタ落ちだろう。だが、粗さが目立ったことが逆に俺を貶めようとする何者かの存在を匂わせることになった。刑事課の課長や村治さんには話を通していたから頭ごなしに疑われることはなかった。むしろ、杜撰な工作が俺の話の信憑性《しんぴょうせい》を高めてくれたと言っていい」

課長がホールケーキ騒動で巻矢を警察署まで呼び出し話を聞く気になったのは、脅迫文が決め手だったと思っている。

「そして、あんたがした工作は回り回って篠田さんを追い詰めることになる」

課長が本腰を入れて調べ始めたのだ。今ごろ村治たちも一緒になって証拠集めを行っているはずである。

「うん。篠田課長は今日付で辞職することになったよ」

「……そうか」

それは知らなかった。きっと課長が証拠を突き止めて告発したのだろう。

「僕も理由までは知らなかったけど、まさかそんなことになっていたなんてね。悪いことをしたとはいえ、篠田さんもツイてないよね、ほんと。あれ？　でも、形としては依願退職だから退職金は出るし、むしろツイてると思うべき？」

「それもあんたの手腕か？」

「それほどでも」

屈託なく笑う。嫌みも何もない、純粋に照れて笑った。いつもと変わらない太々しさがこのときばかりは恨めしい。

まあいい。篠田は罰せられた。この話はこれで終《しま》いだ。

「本題に移ろうか。あんたが次郎丸を使って俺を監禁したっていう根拠について」

「ああ、そういえばその話をしていたんだったね。ずいぶん長い枕だ」

一度ブレンドコーヒーに口をつけ、喉の渇きを潤した。

カップを置く手付きが緊張で震えた。

「次郎丸はそうとは知らずに、元警察官で『巻矢』という苗字を持つ探偵の許へとやってきた。あいつとは二年前に会っていた。それどころか俺のことを恨んでいた。こんな偶然あるか？　どうせあんたが引き合わせたんだろう。あんたと次郎丸がどういう関係なのかは知らんが、あんたが次郎丸をけしかけて事務所に送り込んだんだ。

次郎丸は計画通り俺を監禁した。三人殺害の容疑を全部俺におっ被せるために。でも、普通に考えたらこんなことで他人に罪を着せるなんてできやしない。大抵の人間にはアリバイがあるからだ。次郎丸は三日以上掛けて復讐を行った。その間のアリバイが立証されれば身代わりは成立しなくなる。罪を着せたいなら同じ期間監禁する必要があったんだ。

だが、相手が俺なら話は別だ。普段の俺は探偵の仕事が入っているほうが珍しく、ほとんど営業していてアリバイがない状況だ。それを知っていればあんな杜撰な計画でもうまくいく公算はあるだろうよ」

息を吐く。巻矢は覚悟を決めて正面を見据えた。

「俺の事務所の場所を知っていて、なおかつ仕事事情まで把握している人物。さらに言えば、若葉の出勤時間を調べることができて、あいつと俺との関係性も熟知している警察関係者。そんなやつは俺の知るかぎりあんたくらいしかいないんだよ。そうだろ？　大福」

大福は微動だにせず、ただふくよかなその顔に笑みを浮かべていた。

＊

大福は演技で表情を作ることが巧い。ある意味ポーカーフェイスだ。笑みを湛えているが何を考えているかはわからない。

「何か反論があれば聞いてやる」

大福は惚けたように首をかしげた。

「え？　うーんと、それじゃあ……僕がマッキーを殺人犯に仕立て上げたって言いたいんだよね？　いくらなんでもそんな酷いことしないよ」

「しない、か。できないとは言わないんだな」

「……」

「どうせすぐに冤罪とわかって釈放されるとあんたは高をくっていたんだろう」

「ずっと気になってたんだけど、その『あんた』って他人行儀みたいで嫌だなあ」

「もう俺とあんたは他人だよ」

「寂しいことを言うなあ」

大福は本当に寂しそうに目を細めた。

演技には見えなかった。

「じゃあ真面目に聞こうかな。マッキーの知るかぎり僕くらいしかいないって言うけどさ、僕はそうは思わないな。マッキーが僕を疑うには根拠が足りないと思うんだ。何か決定打があったんじゃないかな。僕はそれが気になる。今後の参考にしたいんで是非教えてほしい」

それはもはや自白しているようなものだったが、大福の言うことももっともだ。巻矢の個人情報なんて別に隠しているわけではないし、調べようと思えば誰でも簡単に調べがつく。条件に見合う人間は探せばほかにも出てきそうだ。しかし。

これまでの積み重ねが大福に疑惑の目を向けさせたのである。

「最初におかしいなと思ったのは二月三日、渡辺の手帳紛失騒動のときだ」

「？　僕、何かおかしなことしたっけ？」

「ああ、大福の言動には明らかに矛盾することがあった。取り立てて気にすることじゃないのかもしれないけど……でも、俺はずっと引っ掛かっていた。あんたは自分のその体型を便利だと言って笑っていただろ。困っていたら大抵誰かが手伝ってくれるからってな。なのに、渡辺の手帳が盗まれたとき、あんたは村治さんに倉庫整理を手伝ってもらったことを内緒にしてくれと頼んだ」

棚の上のほうに手が届かないことを恥じて。

「えー？　そんなの矛盾じゃないよ。僕にだって恥ずかしいって気持ちくらいあるよ」

「だとしてもだ、村治さんに念を押す必要はなかっただろう。翌日に倉庫整理をしたあの女性警官たちでさえ同じくらいの背丈の大福が昇降台無しに高いところに荷物を載せるのは大変だったろうと話していたんだ。今さら恥ずかしがることじゃないし、素直に村治さんに手伝ってもらったと言ったって誰も笑いやしない。どうせあんたたって、その調子で普段から自分の短所を笑いに変えて話したりしているんじゃないか。俺にしたようにな」

「……」

「あんたはまず、千葉が手帳を盗む『空白の一分間』ができるように村治さんを仮眠室前から移動させた。その後、メールか何かを送って千葉に渡辺の手帳を盗ませた。

最後に、村治さんに口止めを施して密室を完成させた。千葉が『空白の一分間』に居合わせたのは偶然なんかじゃない。どのタイミングで計画して示し合わせたのかは知らないが、あんたが指示を出したんだ。すべては渡辺を貶めるために」

「何で？　言っちゃなんだけど、僕、渡辺君のことほとんど知らないよ？」

「篠田さんの命令だろ。渡辺は前の週に覚せい剤の売人が捕まったことを受けて、二年前に月島巡査が失踪したときのことを思い出した。月島巡査がとあるホテルに入っていくところをな。それをまた、信頼できる上司とやらに話していた。蒸し返された挙げ句、万が一にもホテルの駐車場を調べられたら困るのは篠田さんだ。たぶんあんたにこう命じたはずだ。渡辺を黙らせろ、と」

惚けたように天井に視線を向ける大福。反論がないってことはそれほど外していないのだろう。

「千葉もグルか？」

「あ、それは千葉君の名誉のためにも訂正しておくよ。マッキーの言うとおり、僕はあの日、仮眠室から出てきて文句を垂れてた千葉君に渡辺君をぎゃふんと言わせてやろうって持ち掛けた。トイレに隠れてもらって、村治さんを倉庫に連れて行ってからメールで知らせたんだ。僕としても昇降台が無くて困っていたから一石二鳥だったよね。——だから、千葉君は何も知らない。彼はただ渡辺君が嫌いなだけの純粋な警察官だったよ」

残念ながら辞めちゃったけど、と寂しげに呟く。利用しておいてよく言う。

「本当に悪いことをしたと思っているんだよ。まさかそこまで責任を感じるとは思わなかったんだ。僕にやらされたって開き直ればよかったのに」

「世の中、あんたみたいなひとでなしばかりじゃない」

「ははっ。マッキーは当然こっち側だよね。嘘嘘。冗談！ そんなに睨まないでよ！真面目な話ね、千葉君には一発くらい殴られる覚悟でいたんだ。でもまあ、僕は唆しただけだし、盗んだのは千葉君の意志だったわけじゃない？ 僕に当たるのは筋違いだと思ったのかな」

「違う。あんたを殴ったって罪状が増えるだけで意味がないからだ」

「意味がないってことはないよ。僕が痛いじゃないか」

「千葉にとっての意味だよ。馬鹿野郎」

どうせ殴ったって反省しやがらないのだろう。打っても響かないやつを相手にしたって時間の無駄だ。

「僕を疑ったきっかけがそれ？」

「そのときはまだ違和感程度だな。警察関係者かもしれないと思ったのは『着ぐるみホールケーキ事件』があったからだ。マンションの管理人のおばちゃんが面白いことを言っていた。当時世間を賑わせていた本物の着ぐるみ事件は、政府のネガキャンを打ち消すために仕組まれたことだってな」

「まるっきり陰謀論だね。マッキー、そんなの信じているの？」

「いや、信じていない。陰謀論なんてものはない。だが、陰謀はある。言葉のニュアンスの問題だ。陰謀論は誇大妄想ファンタジーの類だが、陰謀ってのは誰かの企てさ。俺はそう解釈している。陰謀はある。企てはあるんだ。実行犯に動機がないのなら、動機を持つのはやらせた黒幕に決まっている。菅野夫妻、――いや湊を入れたら菅野親子だな、菅野親子は『着ぐるみホールケーキ事件』を模した茶番劇を起こした。何のためかと言えば金のためだ。ムシャクシャしてやったにしては手が込みすぎているし、俺に関わるなっていうあの脅迫文を現役の警察官に受け取らせるっていうのも裏にはっきりとした動機がなくっちゃ起こりえない。しかし、菅野親子と俺はまったく関わったことのない赤の他人だ。誰かの指図なのは火を見るより明らかだ」

「そうかな？　マッキーが知らないだけで菅野さんたちはマッキーのことを知っていたかもしれないよ？　刑事時代に関わって恨みを買われたとかない？」

ない。直接恨みを買われるとしたら巻矢が逮捕した人物に限定されるし、さすがに関わった事件の犯人の名前くらい覚えている。もし逆恨みの類で犯人との接点がなかったとしたら、それこそ誰かの指図がなければ犯人が巻矢に辿り着くことはないだろう。それに。

「ホールケーキを渡す相手を若葉に限定したのも菅野たちの目論見《もくろみ》だってのか？」

「……」

「仮に俺と若葉の関係性を知っていたとしても、あいつが何時に出勤するのかまではわからんはずだ。湊が独身寮の前で若葉が出てくるまで待ち伏せしていたら、ほかの職員に見つかって保護される恐れがある。出てきた後に追いかけたんじゃ不自然だ。丁度よく若葉に発見されるためには若葉の出勤時間を正確に把握していなければならない。そんなもん調べられるのは同じ警察署勤めの職員だけだ。菅野たちには不可能だ」

黒幕ないし協力者が警察内部にいるのはそれで確定的だった。

「寺脇巡査部長を標的にしただって？　脅迫文にもそんなこと書いてないのにどうしてわかるの？」

「俺が警察官を頼るとしたら、第一候補が若葉だからだ」

即答した。大福は変わらぬ表情。

巻矢は少しだけ寂しくなった。

「……実際のところ、頼るならあんたが筆頭なんだけどな。大福。でも、仕掛け人のあんたが自分を陰謀の駒に出すわけにいかない。それに、もしあんたが自作自演していたら、若葉なんかは俺とあんたで結託してイタズラを仕掛けたと思って無視しそうだ」

大福もこれには吹き出して笑った。きっとそこまで深く考えていなかったのだろう。自分を外したのはおそらく無意識だった。そもそも若葉以上の適任者がいないのでほかの候補者は最初から考えていなかった可能性がある。

「頼るなら僕が筆頭か……。嬉しいけど、周りの評価は違うよ。マッキーの一番の理解者はやっぱり寺脇巡査部長なんだ。寺脇巡査部長に脅迫文を持たせていろいろ騒いでくれたら、マッキーともども腫れ物みたいに扱われるんじゃないかと思った。今マッキーが言ったみたいに結託してイタズラを仕掛けられたんじゃないかってみんな思うはずだよ」

「それが事件を起こした理由か？」

「騒ぎになれば何でもよかった。そして、内容はくだらなければくだらないほどいい。

真剣に捜査しようって気にさせず、その上でマッキーの評判を落とすんだ。寺脇巡査部長との分断も図れるしね。このいい塩梅《あんばい》を考えるのって逆に大変だったよ」

計画性がなく仕掛けも杜撰だったのはくだらなさを際立たせるためだったのだ。

「俺が篠田さんを告発しても真剣に取り合わなくするために、か」

「うん。いま思ったけど、政府のネガキャンを打ち消すためにっていうアレ、あながち間違いじゃないのかもしれないね」

しかし、大福にとって誤算だったのは若葉がケーキの箱を受け取った後、直接巻矢の許を訪れたことだった。巻矢と話し合ったことで憶測や偏見を除外し、起きた出来事のみを淡々と刑事課課長に報告した。大した騒ぎにはならず、事件はひっそりと解決する。

「若葉を見くびりすぎだ。あいつはちゃんとした警察官だ。俺なんかと違ってな」

「それもマッキーへの信頼あってこそだと思うけどね。それにしても、寺脇巡査部長がそこまでマッキーを信用していたなんて、普段の態度からじゃ想像できなかったよ。失敗したなあ」

内心で舌打ちする。村治といい大福といい、どうして信頼とか信用って話になるんだ。若葉は優秀な捜査官。それだけの話だろうに。

「とにかく、このことがあったから俺を監禁しようと企《たくら》んだやつも警察関係者なんじゃないかと思ったわけだ。あとはさっき言ったとおりだ。アリバイがなさそうな俺になら冤罪を吹っ掛けるのも容易《たやす》い、そう考えそうなやつは大福しかいなかった」

結局大福は最後まで否定しなかった。巻矢は密かに肩を落とした。こっちはその可能性に思い至ったとき、人香に叱責されるくらい気落ちしたというのに。

友達に……少なくとも巻矢がそうだと思っていたひとに罪を着せられた。一体自分が何をしたというのだろう。考えて、悩んだ。自分は何を間違ったのか。きっと悪い部分があったに違いない。だって、こんなことまでされたのだから――。心当たりがないからもっと自分が悪いと思い込もうとした。

上目遣いに大福を見る。いつもと変わらない人の好さそうな笑みを湛えている。悪意があるようにはまったく見えない。

……おまえにとってはその程度の関係だったんだな。俺たちは。

完全に開き直っている今の大福にならば、何を訊いても答えてくれそうな気がした。

「聞かせろ。大福。どうしてこんなことをした？」

＊

大福は、不意にテーブルの隅に手を伸ばした。立て掛けられていたメニューを手に取り、デザートの一覧を開いた。

「どれにしようかな？ あ、いちごパフェ！ ここの美味しいんだよ！ マッキーも食べる？」

「おい」

「こんなに長話になるなんて思わなかったからさ、注文しないのも悪いじゃない？」

「ブレンドでいいだろ」

「今の気分じゃないんだ。——すみませーん！ いちごパフェとクリームソーダを一つずつお願いしまーす！」

注文を聞いただけで胸焼けしそうになった。慌ててブレンドを口に含む。

「マッキーって甘いの苦手だっけ？」

「ブラックコーヒーか緑茶があれば食べられる。それ単体や甘い飲み物との取り合わせだと厳しいな」

「ううん、それ人生損しているよ。絶対」

「言う言う。言うってば。もう何だって答えるよ。だから、そんな恐い顔しないでよ」

「大福」

大福はやっぱり笑みを浮かべている。どこまでも本心が見えない。

「大福に命令したのは篠田さんで合ってるか？」

「正解だよ。マッキーさ、いつだったか篠田課長について電話で訊いてきたことあったじゃない？　覚えてる？」

乾から情報を受け取った後、地域課の課長が誰であるか大福に確認を取ったのだ。

そのときのことを言っていた。

「あの後すぐに篠田課長からも連絡がきてさ、マッキーをどうにかしろって言われたんだ。あーあ、この二人が対立しちゃったかあ、って正直悲しくなったよね」

「それで大福は篠田さんの側に付いた……」

「それはしょうがないよ。だって、仕事だもん」

「仕事だと？」

「あれ？　マッキーに話したことなかったっけ？　僕の仕事は事件を未然に防ぐこ

と！って言うと、聞こえはいいよね。実態は、起きている犯罪の発覚を少しでも遅らせるお仕事、かな。どんな不正もいつかは絶対に発覚する。絶対にだよ。それは明日かもしれないし百年後かもしれないけど、そのいつかを先延ばしにするのが僕の仕事なんだ」

前に、確かに言っていた。

──僕にできるのは問題が起きてもそれ以上火種を大きくすることなく、たとえ一時凌ぎだろうとその場を穏便に済ませることだけだよ。

「篠田さんを依願退職にしたのも問題の発覚を防ぐためか」

「昨今、警察官による不祥事が多いのは知っているよね。その追い討ちを掛けるにしては事が大きすぎたんだ。上のほうからもよしなに頼まれてね、警察機構を円滑に回すためには必要な処置なのさ。そのためなら時には捏造《ねつぞう》もするし隠蔽もする。だけど、僕はそれらの行為について一切恥じ入ることはないと思っているよ」

巻矢とてすべての警察官は公明正大でなければならないなんて思わないし、そんな青くさい考えは学生時代に捨てている。警察内部の不祥事になら捏造や隠蔽もある程度は目を瞑ったっていい。しかし。

「よそで被害が出ていることなら実行犯は相応の罰を受けるべきだ」

篠田が覚せい剤を横流ししたことでさらに多くの薬物中毒者を生み出したはずである。その罪を依願退職で贖《あがな》えるとは到底思えない。

「誤解してほしくないんだけど、僕は篠田課長の片棒を担いでいたわけじゃないからね。覚せい剤の運び屋をしてたのだって知らなかったし。これ本当。鍵のこともね。九年前のこととかそれこそ知りようがないよ。まあ、なんとなく悪いことしているんだろうなって思ってはいたけど。前の署長の遺言で面倒見てただけでさ。何が言いたいかっていうと、どんな不正をしていようが僕には知ったこっちゃないってこと」

回ってきた仕事を適当に処理した。その程度の認識でしかない。

「僕を頼ってくる人間は篠田課長だけじゃない。いろいろいるよ。外部にもね。マッキーが知っている範囲だと広田組とか。今はもう解散しているけど再開発反対運動のひとたちもそう。ホールケーキ事件の菅野一家は広田組のひとに紹介してもらった。広田組が管理してる消費者金融のブラックリストから引っ張ってきたんだって。あとそれから」

「次郎丸もか？」

「次郎丸！　偽名だけど格好いいよね。僕は好きだなあの名前。そう、次郎丸君もね、僕を頼りにしてくれた。二年前の『ソープランド事件』でいろいろ相談に乗ってあげたんだ。笑ったのは気に入らない警察官がいるって名指ししたのがマッキーだったこと。これは何かに使えそうだと思って二年間関係をキープしてきたんだ」

「首謀者三人を殺害させたのも、まさかあんたが？」

殺人を唆したか、その環境を用意したのなら殺人教唆に当たる。立派な犯罪だ。

大福は静かに首を横に振った。

「僕は後になって聞かされた。二人を殺してあと一人ってところで連絡を受けてさ。参っちゃうよ。僕だってそんなことしてほしくて相談に乗ったわけじゃないのにさ。で、篠田課長からもせっつかれていたから、どうせならマッキーも巻き込んでやれって思いついた。最初は次郎丸君も渋っていたよ。無関係のひとを巻き込めないって。だから無理やり、その探偵事務所に行けばわかるって背中を押したよね」

ありありと思い出す。次郎丸が『巻矢』の名前に引っ掛かったこと、そしてしばらく黙り込んだあと覚悟を決めたように顔が引き締まったこと。あれが大福の意図するところを理解した瞬間だったのだろう。

「マッキーを殺人犯にしたいだなんてこれっぽっちも思ってなかった。これも本当さ。アリバイ云々は後付けだよ。ただマッキーの評判を貶めて篠田課長の保身に繋がればそれでよかったんだ。何度だって言うよ。僕はね、警察組織を守るためなら何だってする。犯罪者を利用するし、逆に利用される。あ、協力って言ったほうがまだマシかな。ははっ。つまりね、持ちつ持たれつなのさ」

不意に巻矢は感心した。――ああ、そうだったな。それがおまえの口癖だった。おまえの信念は一貫していた。どの事件に際してもおまえは常に傍観者でしかなく、実行犯は必ず別に用意しているのだ。

大したやつだ。心の底からそう思う。にわかに許したくなる気持ちが湧き出した。その源泉たる友情にはなんとか蓋をする。

「ほかに知りたいことは？」

全体図は大まかにだが把握できたと思う。

そして、最後に訊くべきことは最初から決まっていた。

「月島人香を殺したのもおまえの差し金か？」

時間が止まったような沈黙が流れた。

そして大福は――そうなるかな、と観念するように言ったのだった。

ている大福を残して店を出ようとする。

*

席を立つ。ブレンド代をテーブルに置き、いちごパフェとクリームソーダを堪能《たんのう》し

巻矢を呼び止めるように大福が言った。

「マッキー、僕やみんなは君みたいに弱くないんだ」

「弱い？」

驚いて足を止めた。これまでの人生で指摘されたことのない評価だった。

「いくら尊敬する先輩を探すためとはいえ、職を辞してまでってのはどうかしているよ。はっきり言って恐いくらいだ。気持ち悪いんだよ、君のしていることは」

大福の目はいつになく真剣だった。本気で非難していた。

「いつまで月島巡査に固執する気？　いや、依存かな？　見てて痛々しいよ」

何か言い返さなきゃと思うものの、喉に引っ掛かったみたいに言葉が出てこない。自覚はあった。指摘されるまでもなく。だが、改めて言語にされると怖気《おじけ》づいた。

「何かに熱中できるのは悪いことじゃない。でも行き過ぎはよくないよ。それだけが

生き甲斐だっていう生き方はね、どこかで破綻するものなんだ。目的を達成しちゃったらじゃあ次はどうするのって話だよね。綱渡りしているみたいでハラハラするよ」

逃げるように足早に出口に向かう。大福の言葉は呪詛《じゅそ》だった。足元に絡み付いて足取りを重くする。茨のように伸びてきてやがて全身を雁字搦《がんじがら》めにする。身動きできなくなったらどうなるか、巻矢は直感的に知っている。

「僕は警察を辞めない。マッキーも探偵を辞めちゃ駄目だよ。でないと君は」

今日の意趣返しなのかもしれない。大福の意地悪を恨めしく思いながら、巻矢は扉を蹴飛ばして慌てて出て行った。

大福の、またね、という声が後を追うようにして耳に残った。

エピローグ

人香の遺体が見つかったことを報告しに月島家を訪れた。

若葉とふたり仏壇に手を合わせ、人香の母親の明日香《あすか》にも頭を下げる。明日香のまぶたは真っ赤に腫れ上がっていた。人香の死が確定してからずっと泣きとおしてきたのかもしれない。若葉も明日香ほどではないが目元が赤い。巻矢はといえば、まぶたが熱くなりはしたものの涙を流すことはなかった。これは男女の差なのか、巻矢が薄情な人間というだけの話なのか。ただ、この空間に漂う侘《わび》しさは違えず共有できていたと思う。

帰り道、若葉の誘いで寄り道をした。

近所にある児童公園。いつか幽霊の人香と一緒に缶コーヒーを飲み交わした場所だ。あのときは夜中で寂れていると思ったが、今は子供の声であふれ返り満開の一本桜がその光景を見守っていた。

「毎年、人香さんとお花見していたのよ。そこのベンチに座って。おにぎり食べながら」

「さすがに料理が苦手でもおにぎりくらいは作れるか。人香も喜んだだろう」

「……コンビニで買ったわよ。悪かったわね」

素直に詫びた。人香の幽霊は腰に手を当ててふんぞり返り、「若ちゃんがチョイスするおにぎりは格別なんですよ！」とずれたフォローを入れていた。そっちにも内心で謝った。

「こんなところでする話じゃないと思うけど、あんたも無関係じゃないし、知りたいと思って。廃ビルの敷地から出てきた遺体の身許の詳細についてまとめたものよ。まだ途中だけど」

氏名が羅列された紙を渡された。現時点で身許が割れている遺体の個人情報を簡易的にまとめた資料のコピーらしい。これからこの資料を頼りに一件ずつ関係者から聴き取り捜査を行っていくという。

「わかっているだけで家出した少女、今でも年金を受給し続けているご老人、パソコンショップで働いていた元従業員、エトセトラ。どのひとも犯罪の被害者よ。都合の悪い人間を行方不明者にできる場所があの廃ビルだったってわけ」

そして、人香も。発見されたとき、人香は警察官の制服を着ていた。遺体は二年の時間経過のせいで著しく損壊していたが胸ポケットに入っていた警察手帳が身許特定の決め手となった。不本意かもしれないが、死んだあとも警察官としていられた人香はやはりすごいと思った。

「これからあたしは人香さんを殺した犯人を突き止める。ケンもそうでしょ。だから、ここからは競争よ」

そう宣言したいがためにこの公園に連れ出したという。きっと、花見にやってきた人香の魂にも誓いを立てたかったのだろう。若葉の目の前で当人がしっかり聞いていた。

「若ちゃんならきっと逮捕してくれると信じています！」

恋人同士が誓い合う様に苦笑する。巻矢は資料を若葉に返すと、踵を返した。

「こっからはもう警察の仕事だろ。あとは若葉に任せるよ」

「ちょっと。あんたは気にならないわけ？　人香さんを殺した犯人のこと！」

手を振って気にしないと答える。若葉は懲りずに言葉を重ねた。

「あんたを嵌《は》めた次郎丸ってやつのこと！　そっちも放っておいていいわけ⁉」

さらに手を振って公園を後にした。

降り注ぐ日差しがあまりに強かった。四月なのに初夏並みの気温だ。ジャケットを脱いで腕に引っ掛ける。愛用していた黒いコートももう久しく袖を通していない。冬は完全に明けていた。

　人香が未練がましく公園を振り返った。

「せっかく来たのにもう帰るんですか？　コンビニおにぎり食べたかったのに」

「俺がいたんじゃそういう空気にもならんだろ。後で戻ってみろよ。若葉ならきっとあそこでお花見しているだろうから」

「巻矢は律儀ですね」

「はあ？　こんなことで大袈裟な」

「違いますよ。私を殺した犯人を追うっていう話です。あとは警察の仕事だと言って手を引いたのはそれ以上は探偵の分を越えていると思ったからじゃないですか？　ほら、律儀じゃないですか。巻矢は根っから探偵なんですね」

　何が嬉しいのか笑顔でそう解釈する。悔しいことにそのとおりだった。

「探偵は暴くだけだからな」

　性だとよく口にするが、『業』であるかもしれない。逃れられない運命の『業』。どこまで行っても巻矢にはこの道しかなさそうだった。

「ということは、もしや、私を殺した犯人がわかったのですか⁉」

「……わくわくした顔して訊くなよ。おまえを殺した犯人だぞ？」

どうもこいつは自分がされた悪意に対して鈍感すぎるようだ。サスペンスドラマの犯人が気になる程度の好奇心で身を乗り出してきた。

「何でそう思うんだよ？」

「だって、前に巻矢が教えてくれたじゃないですか。篠田さんの命令に逆らえずに巻矢を嵌めたそのひとがいろいろ手を回したんじゃないかって」

黒幕が大福だということは伏せてそう説明した。大福の名誉のためではない。自分の殺害に加担した人物が知り合いだったと知ったときの心痛を思い、気兼ねしたのだ。いや、単に巻矢に真実を告げる勇気がなかっただけかもしれない。そして、人香もそんな巻矢の心情を理解してなのか掘り下げようとしてこなかった。

あのとき、大福は言った。人香を黙らせろと命じたのは確かに自分だと。しかし。

「殺すだなんて思わなかった。ちょっと脅してくれたらよかったのに」

そいつは誰なんだ、と追及すると大福は困ったように目を伏せた。

「それがわからないんだ。何組かに声を掛けたんだ。あの敷地に埋まってたってことは広田組が関与しているのは間違いないだろうけど。でも、実行犯まではちょっと」

大福が嘘を言っているようには見えなかった。大福も月島人香が単なる行方不明だと信じていたし、遺体が上がるまでは生きていてほしいと願っていた。大福は確かに腹黒いやつだが、ひとの生死に関わるような工作まではしなかった。

「マッキーにならわかるんじゃないかな。得意の推理を期待しているよ、マッキー」

それが喫茶店の席を立つ直前に投げかけられた言葉だった。

奇しくも似たような言葉を人香は口にした。

「巻矢ならもうわかってるんじゃないですか⁉ そのお得意の推理力ならすでに見つけ出していてもおかしくありません！ さあ、教えてください！ 私を殺した犯人は誰ですか⁉」

「……」

確信はない。証拠もない。だから、証明する手立てがなかった。

それでも「こいつなら」と思えることが一つだけあった。

三月一日。次郎丸が事務所を訪れる十数分前、雑居ビルの前で買い出しから帰ってきた巻矢を見てエントランスから逃げ出した男がいた。意識していなかったから気づかなかったが、あれはおそらく次郎丸だった。

ただそうなると、事務所に招き入れて巻矢と対面したときの次郎丸の様子と食い違う。それにあのとき次郎丸は明らかに巻矢以外の誰かを探していた。一人かとも訊かれた。いま思えばおかしな質問だ。ほかにひとがいることを想定していなければ出てこない質問である。

次郎丸は巻矢のほかに誰かいると思っていた。そう思い込むきっかけはビルのエントランスで会ったあの瞬間しか思い当たらない。次郎丸は巻矢の隣を歩く人香の姿が見えていたのだ。

なら、なぜ悲鳴を上げて逃げた？　あのとき人香は宙に浮かず地面を歩いていた。たとえ見えたとしても幽霊だと気づくはずないのに。

それでも人香を恐がるなら、理由は一つだけである。次郎丸は人香が死んでいることを知っていたのだ。とっくに死んでいる人物、それも自分の手で殺した人間が向こうから歩いてきたとしたら――悲鳴を上げて逃げ出したとしてもおかしくない。

「巻矢？　黙っていてはわかりませんよ」

「いずれ警察が捕まえてくれる。それまで待て」

次郎丸は『廃ビル三人殺害事件』の容疑者として指名手配中である。顔も本名も割れているし、目撃情報も集まっていると村治から聞いている。捕まるのも時間の問題だった。

巻矢のそれが思い込みかどうかもいずれわかることである。

人香はむうと頬を膨らませ、「巻矢は意地悪ですね」と文句を垂れた。「気分直しに若ちゃんのところに行ってきます」と浮いた体を反転させた。

「お花見してきます。犯人が捕まったら今度こそ私も成仏しそうですし。もしかしたら、これが最後かもしれませんから」

「どうかな」

ぽつりと呟く。それには気づかずに人香は公園に戻っていった。

＊

コンビニの惣菜コーナーでおにぎりを手に取る。鮭《さけ》に梅、昆布に塩むすび。人香はシンプルな和食材が好きだった。かと思えば、ツナマヨのおにぎりを「こんなものは邪道です。おにぎりへの冒瀆《ぼうとく》です」とぷりぷり怒りながらも美味しそうに頬張っていた。変なこだわりも、食いしん坊なところも可愛くて愛せた部分だ。一人で食べるには多すぎるので、人香が好きな梅と自分が好きなツナマヨのおにぎりをカゴに入れた。ホットボトルの緑茶も合わせて購入し、さっきの公園に戻る。

ベンチに座り、人香の写真を並べて置く。桜が見える位置に調整して。

こんなふうにしてお花見するなんて夢にも思わなかった。いつかまた人香と二人で桜を見られるのだと信じていた。絶対に見つけ出すと決めた日から泣かないで頑張ってきた。どうしようもなく寂しい日も歯を食いしばって耐え抜いた。だけどもう、人香はいない。見つけることも待ち続けることもできない。人香を置いて先に進むしかなくなった。

でも、あと少しだけ。

せめてあなたを殺した犯人を捕まえるまではこうして隣にいさせてほしい。

強風が吹いて桜のはなびらが舞い上がる。はしゃいで遊んでいた子供たちが歓声を上げた。いい日だ。一人だけど、暑いくらいの陽気が寂しさを紛らわせてくれた。

写真立ての前に供物として並べたおにぎり二つのうち一個を手に取る。フィルムを剝ぎ取って口に含む。ツナマヨネーズの味わいが口いっぱいに広がった。

これももはや和食材ではなかろうか、と思っていると、

「やっぱり邪道ですよ。でも、美味しいから侮れない」

横を向く。人香が座っておにぎりを嬉しそうに頰張っていた。

「――」

それも一瞬のうちに搔き消えた。

今、確かに、あなたの姿が見えていた。あなたの声が聞こえていた。

夢か幻か。

春の陽気が見せた白昼夢だったのだろうか。

風が収まり桜吹雪が降り止んだ。笑っていた子供たちはにわかに大人しくなりベンチのほうをじっと見ている。嗚咽する声だけが自分の耳と胸にうるさく響いた。

そのひとはいつまでも泣いていた。

＊

一枚の桜のはなびらを踏みつけた。周りに桜木はない。誰かの肩に乗っかった一枚がこの場にひらりと落ちたのかもしれない。儚《はかな》いものに代表される桜はひとの人生にもよく喩《たと》えられる。咲くのに長い時間を要するのに散るのは早く、栄華は一瞬の間に過ぎ去る。だが、終わりは次の始まりを予感させ、物悲しいばかりではない。

人香は成仏しない気がする。

あいつをこの世に引き留めているのは未練だ。しかし、人香自身の未練じゃない。

あいつを必要としているやつがいて、その身勝手な願いがあいつを手放さずにいるのだ。

超能力なのか霊能力なのか知らないが、人香にとってはいい迷惑だろう。解放できるものなら今すぐしてやりたい。でも、そうすると今度はこっちが立ち行かなくなる。悪いとは思っている。それ以上に安心もしていた。生きていくかぎり、この繋がりを絶つつもりはない。

——見てて痛々しいよ。

同感だ。まったく、我ながら生き汚くて困る。

人香は終わったと思っているのだろうが、これは一つの区切りにすぎなかった。終わりは次の始まり。足をどかすと地面からはなびらが消えていた。靴の裏にでも引っ付いたのだろう。付いてこい——。内心でそう告げ、巻矢は再び歩きだす。

さよならのときは、まだ先にある。

（了）

あとがき

一見関係なさそうな複数の個別の事件が、実は裏で一本の線で繋《つな》がっていた――てな感じのお話。好きです。

というわけで、『幽霊と探偵2』をお届けしました。

今作執筆中は『悪人』について考えていました。正義の側に立つ主人公と対立する敵役のことです。刑事モノだと凶悪犯がこれに当たりますでしょうか。

犯罪の実行犯はもちろんのこと、裏で手を引く黒幕みたいな存在にも言えるのですが、彼らを表現するときその行動原理にいつも悩まされます。お金目当てだと面白みがなく、快楽主義者だと陳腐すぎる。涙なしには語れない背景があってやむにやまれず罪を犯したってパターンだとそもそも『悪人』じゃありません。別にこれでもいいのですが、せっかくならどぎついくらいの『悪人』を書きたいと毎度思うわけです。

で、『悪人』を書くには『悪人』を理解しなければならない……のですが、こちとら他人の悪口にすら罪悪感を覚える小心者。『悪人』の気持ちなんて微塵《みじん》も理解できるはずありません。んで、そうなりますと今度は『悪人』を『悪人』たらしめる胸糞《むなくそ》悪《わる》くなるようなえげつない悪事が全然思いつかなくて困っちまう。動機にしたって陳腐なものしか考えつかなくて、焦れったくなって「悪人のことを理解しなければ悪事は思いつかない！」ってなって……堂々巡《じ》りです。

一つの回答として『悪人』は自分が『悪人』だと本気で思っていないことじゃないかなと思います。型に嵌《は》め込もうとしているかぎり、私が『悪人』を理解することは多分ないでしょう。そっちのほうが健全なのですが、ままならないものです。


以下、謝辞を。

今作より担当してくださいました編集の横塚《よこづか》様、前巻に引き続きお世話になっております八木《やぎ》様、イラストレーターのみよしあやと先生。本当にありがとうございました。

そして、この本を手に取ってくださったすべての方に心より感謝申し上げます。

それではまた。機会がありましたら、いずれどこかで。

令和五年　晩春　山口幸三郎《やまぐちこうざぶろう》

＜初出＞
本書は書き下ろしです。

この物語はフィクションです。実在の人物・団体等とは一切関係ありません。

メディアワークス文庫

幽霊《ゆうれい》と探偵《たんてい》2

山口《やまぐち》幸《こう》三郎《ざぶろう》

2023年4月25日　初版発行

発行者　山下直久
発行　株式会社KADOKAWA
〒102-8177　東京都千代田区富士見2-13-3
0570-002-301（ナビダイヤル）
装丁者　渡辺宏一（有限会社ニイナナニイゴオ）
印刷　株式会社暁印刷
製本　株式会社暁印刷

●お問い合わせ
https://www.kadokawa.co.jp/（「お問い合わせ」へお進みください）
※内容によっては、お答えできない場合があります。
※サポートは日本国内のみとさせていただきます。
※Japanese text only

※定価はカバーに表示してあります。

Printed in Japan
ISBN978-4-04-914941-8 C0193

メディアワークス文庫　https://mwbunko.com/

本書に対するご意見、ご感想をお寄せください。

あて先
〒102-8177　東京都千代田区富士見2-13-3
メディアワークス文庫編集部
「山口幸三郎先生」係